文治
© wénzhi books

更好的阅读

柠檬与杀人狂

[日] 桑垣爱夕 著
くわがきあゆ
张浩宇 译

广东旅游出版社
中国·广州

目录

第一章 　 001

第二章 　 161

解说 　 247

第一章

按住濒死抽搐的身体，切开……

一

小林妃奈[1]的房间宛如单独关押犯人的冰窖。

从进入房间的那一刻开始，我的牙就不停地打战，脊梁骨也仿佛变成了冰柱。

近日来，气温骤降，房子又将近两个月没人住过，墙壁和地

---

[1] 女主人公小林美樱的双胞胎妹妹。（本文出现的注释均为译者注。）

板都冷到了极点。再加上我来此是为了整理妹妹的遗物，内心深处也感到悲凉。

空纸箱往地上一放，堆积已久的灰尘就腾空而起，又无力地落回地板上。

这个房间虽然刚失去主人，但那彻骨的寂寥之感早已存在。我是第一次拜访妃奈的住处，之所以有这样的感觉，是因为这里和我的房间简直太像了。

环顾整个房间，只有满足最低生存需求的家具和日用品，那些日用品也都是实用型的设计和配色。这不是出于什么环保之类的理念，只是因为便宜。杂货店和百元店里摆的基本都是这样的东西。

床边摆放着几本书和笔记本，还有小小的毛绒玩具，这些都能算是妃奈的纪念品吧。床底下的收纳箱里好像放着一些衣服。我在想，要不要拿到二手店去换点钱呢？算了，还是先打包放进纸箱吧。

几天前接到妃奈的讣告，是警察通知的，一般来说非正常死亡才会这样。

警方在山中发现被遗弃的尸体，经过DNA鉴定查出是妃奈，然后通知了作为唯一亲人的我。我急忙赶到警察局，警察却只让我确认妹妹的遗物，没让我见她的人。警察说因为死去的时间较长，妃奈的身体损伤非常严重。

她的死因，警方跟我说得很含糊。事后我从新闻中才知道，她是被利刃所伤，全身上下的伤痕多达十几处。至于凶手，警方还在搜查。

她到底遭遇了什么？毫无头绪的我陷入了迷茫。

收拾床头的时候，我在抽屉里发现了那件红褐色上衣。那是最后一次和妃奈见面时她穿的，想想已经是四个月前的事了。

高中毕业以来，我和妃奈每年都会见几次面。我们俩虽然都住在关东的小城市贝东市[1]，但都是独居，工作又很忙，凑到一起的机会并不多。平时偶尔发发手机邮件或者短消息。见面的话，也就是在车站附近的一家名为"塔特"的家庭餐厅。通常是一起吃个晚饭。那家餐厅的"畅饮"比较便宜，待久了也没什么压力。

四个月前，我们也在同一家餐厅聚餐，一边吃着韧劲十足的日式汉堡和倒了太多酱料导致看起来血红血红的意大利面，一边聊着琐事。

妃奈抱怨道："我真想辞职不干了。完成指标太难了，加班又多。最近总是跑外勤，忙到连午饭都没时间吃。办公室里的人还老针对我，说什么眼线太粗了、鞋跟太细了，鸡蛋里挑骨头，烦死了。"

---

[1] 虚构的地名。本书中有多处虚构地名。

她的工作是推销保险，需要经常外出。

"我上一个单位也跟你那里差不多。"我回应。

"但是，现在轻松了吧？"

"哪里，也就是比之前好一点点，生活还是紧巴巴的。"

"你说到点子上了。"妃奈拿着叉子指指点点地说，"哪怕勤勤恳恳地工作，这么低的工资让人怎么活呀，连最基本的购物和社交都不够用。就说今晚吧，我本来想再吃个甜品布丁啥的，却忍着没点。"

妃奈说着，还用叉子的尖指着装了可乐的玻璃杯，那是从"畅饮"的台子上取来的。

妃奈的心情我非常理解。我也因为贵了一百日元，就放弃了想吃的牛排，改成了便宜的日式汉堡。我们都尽量节约开支，不为别的，只因囊中羞涩。

"这种事也就只能跟美樱你说说了。"

公司里虽然也有几个跟妃奈年龄相仿的女孩，但人家都住在父母家，工资就是零花钱。

"真羡慕那些人啊，我每个月都入不敷出，一想起来头都要炸了。"

"想换个工作也没工夫准备面试啥的。"

"是啊，是啊。总听人说有工夫抱怨职场的不如意，不如磨炼自己的专业技能。这都是那些有钱有势的人站着说话不腰疼啊。"

"上个单位也有这样一位爱说教的大爷,说年轻人工作这么不稳定怎么成。真是的。"

"哇,好恶心。"

我们就这样边喝着饮料,边吐槽职场上遇到的各种"奇葩"。

吐槽告一段落后,妃奈低头喝了一口可乐,脸色突然阴沉了下来。

"我们为什么会变成这样啊?我们勤勤恳恳地工作,又没做什么伤天害理的事,却到处碰壁。工作又苦又累,却一分钱也存不下,那么喜欢的恋人也离我而去。这世道太不公平了。"好像突然想到了什么似的,妃奈抬起头说,"以前是多么幸福啊。"

我默默地点头回应。

我们又聊了一些自己的糗事。很普通的一次姐妹聚餐,但想到分别前她说的话,我心中泛起了异样的涟漪。

结完账从店里出来,在树木和路灯交错的路上,我和妃奈并肩走向车站。妃奈好像变了一个人似的,不怎么开口说话了,直到在检票口要分别的时候,她蓦然地说:"听说佐神被放出来了。"

妹妹的话像是一颗子弹射中了我的心脏,我停下脚步,感到窒息。缓了好一会儿,我才嘶哑地问道:"什么意思?"

"就是字面的意思。"

"难以置信……才过了不到十年吧。"

"正好十年。"

妃奈的眼神暗淡无光。

"只过了十年,就这么释放了?难以置信。"我不断重复着这样的怀疑。

"那个罪大恶极的家伙从今以后就逍遥自在了,而我们却仍在深渊中苦苦挣扎。"

我们两个站在原地,默默地注视着对方,明白对方也和自己想的一样。夜色渐深,两人仿佛雕像一样安静地立在原地,直到脚都麻了。

最后,妃奈自言自语似的吐出一句:"凭什么啊?!"

此时,整理妹妹房间的我也想问同样的问题——凭什么,只有我们这么惨?

泪水模糊了双眼,我紧紧地抓着妹妹那件红褐色上衣。

二

从最近的大学前站[1]出发,沿着缓下坡走十五分钟,就能看到

---

[1] "大学前"是公交车站名。

贝东大学石砌的大门。

门上刻着的校名风化严重，几乎难以识别。虽然只是一所在校生不足两千人的私立大学，在本地人心中却是名牌大学。

我快速穿过校门，对着门卫室的玻璃窗问候了一句"早上好"。

隔着窗户传来一句"早上好啊"。

和父亲年龄相仿的门卫大叔面带微笑地走了出来。

很多大学生从我们身边走过，连正眼都不看一下门卫。他们沐浴着朝阳，看起来身上闪闪发光。我和他们应该同龄，却感觉完全不是一类人。

可能和他们相比，我长相丑陋、穿着俗气吧。但原因何止这些，我和他们的处境可谓是天差地别啊。人家是朝气蓬勃的大学生，而我是为了填饱肚子在办公室打杂的临时工。

因为没钱，高中都差点毕不了业，这样的我哪里有余钱上大学呢。工作也找不到正式的，只能在劳务派遣公司挂个名，作为临时工在各家公司辗转。

每隔半年到一年就得换一家公司，而且派到哪里自己也不能选择。我能被派到这所本地高中生向往的名牌大学纯属巧合。

这所大学里有我的高中同学，穿着时髦、妆容精致的她们每天在校园里和同伴们有说有笑，而我每天面对的却是办公室里老旧电脑的屏幕。

虽说如此，但也不能把不好的情绪带到职场。

我从鞋柜里拿出拖鞋换上，边与同事打招呼边走进办公室。在早来的同事们的问候声中，我先走到了组长的办公桌前。

今天是妃奈葬礼结束后我第一天上班。得知妃奈遇害后，我立即申请了一周的年假，因为我挂名的那家劳务派遣公司是没有丧假的。

组长正坐在那里喝咖啡。我轻轻地低下头说："给您添麻烦了。"

面对我的道歉，组长使劲摇摇头，还安慰我要节哀，并没有因为我突然放下手头的工作而表露出丝毫不满。而且，他好像也不知道我妹妹就是新闻里说的杀人事件的被害者。叫小林的人实在太多了，就算偶尔看到相关的新闻报道也不会往那方面想吧。

我松了一口气，走向自己的桌子。让我想不到的是，桌子上竟然没有多少要处理的文件。

"小林，最近一定很难过吧。"循着声音望去，是隔壁桌的鹿沼公一。他转过椅子来对着我认真地说："短时间内还是不要太勉强自己了，工作上有什么需要帮忙的尽管开口。"

鹿沼和我是同一家派遣公司的员工，年龄相仿，他最近刚结婚，经常在同事面前秀自己多爱老婆。平时嬉皮笑脸的他也跟组长一样，严肃地说着安慰我的话。

"谢谢你，鹿沼。"

在我休假的时候，鹿沼可能主动承担了我那部分工作，所以我桌子上的文件才这么少的吧。

心里突然涌起一股暖流，难得像我这样的人也能被温柔地对待。

这所大学是我迄今为止工作过的单位里最好的一个。和其他中小企业不同，这里没有那种骂声四起、义务加班的氛围，一起工作的同事说起话来也都是心平气和的。

一般来说，大学的工作比企业的要轻松得多，是很受欢迎的工作单位。为什么会派我这样没什么突出业绩的人来这里工作，我也不是很清楚。唯一遗憾的是，此地不能久留，因为临时工早晚是要离开的。

我想利用上午的时间，一口气把滞留的工作都完成。对着电脑屏幕，我飞快地敲击键盘，时不时会抬眼看一下前台。我这个岗位还要接待学生。

"小林，小林，帮忙看看。"

邻桌的鹿沼拿着一沓文件走了过来，我们两个人开始核对文件上的各项数据。

"你看，就在那里！"

前台方向突然传来女人的说话声，好像是有学生来咨询了。我这个岗位也负责出具成绩单、介绍兼职、就业咨询之类的业务。我循着声音抬头望去，不由得大吃一惊。

一对男女站在那里，从打扮来看都是学生，女生还是我认识的人。

海野真凛。

初中的同班同学，现在在这所大学上大三，经常因为办手续而来我们的办公室。她好像也认出了我。

和真凛一起来的男生头发染成了棕色，以前没见过。从他俩的肢体动作来看，应该是她男朋友吧。

真凛手指着我，偷偷和男朋友嘀咕着。

"是她……就是那谁……我说得没错吧？"

虽然听不清具体内容，却能让周围的人察觉到有人在议论，她边说边"呵呵"笑。

我的鼻子仿佛碰到了火苗一样，整个脸也开始发烫，她在嘲笑我！

这绝对不是我过于敏感。初中时代，她也对我做过同样过分的事。

虽然说不上是校园霸凌，但真凛因为我牙长得不整齐一直嘲笑我。

初三的某一段时间里，我被真凛她们几个女生盯上了。她们经常在教室和楼道里聚在一起，装作不经意地对着我的方向瞄一眼，然后用"你看，我说得没错吧"这样的语气向同伴炫耀自己的发现，肆意地嘲笑我。

其实，我和真凛她们没有发生过实质的冲突，她们也只是在无法改变的单调校园生活中找寻一些乐子罢了。我的长相成为她们的谈资，也肯定是因为无聊吧。

在学校被嘲笑的事并没有持续很久，随着初中毕业自然就戛然而止了，给我造成的心理阴影却没有消散。

自从几个月前，真凛第一次在办公室里遇到我之后，就把中学时代的恶作剧带到了我的职场。有事儿来办公室的时候，她总是拉着自己的朋友一边窃窃私语，一边对着我的方向指指点点。

不过没有初中的时候那么频繁，而且我也不觉得自己的脸有什么地方碍眼的，因为办公室里包括我在内的所有工作人员都戴着口罩。自从新冠疫情暴发以来，这几年我们都已经习惯了戴着口罩生活。

我对这种戴口罩的生活方式充满感激，牙齿的缺陷可以轻松地隐藏。在这里，除了真凛，大家基本上都没见过我的素颜。

所以，她跟别人说啥笑啥，我都不在意。

虽说如此，但面对真凛，我的身体还是会不由自主地僵硬。而且这一次，她竟然带着异性一起来嘲笑我。

看不清他们口罩下面的表情，但我能清晰地感受到，真凛看向我的眼神中藏着和上初中时一样的嘲讽。她男友也用同样的目光打量我。

"呵呵。"他附和着真凛，显然是觉得女友的发现很有意思。

我想把目光从他们身上移开,但是已经晚了。连异性都开始嘲笑我了!我的脸眼瞅着变红了,连耳朵都通红。他们肯定嘲笑得更厉害了吧。

"你们有什么事要办吗?"

鹿沼不知道什么时候站了起来,问二人。

"没、没事。"真凛忍着笑回答,带着男友离开了。他们离开办公室后,男生恶作剧般地揉乱真凛的头发,在那只大手之下的真凛露出了跟刚才看我时完全不同的笑容。

二人消失在视线中,鹿沼回到座位上,好像什么都没发生似的对我说:"刚才检查到哪里来着?"

我抬不起头来,又一次被鹿沼救了。不,他肯定和其他同事一样,对真凛的话很好奇,暗自嘲笑我呢。

这么一想,我恨不得找个地缝钻进去。现在还要装作若无其事地工作,心里好难受啊。好想立即逃回家,从此以后再也不出来了。

"小林?"

"啊,我在,不好意思。"

我赶紧打起精神,心想,又异想天开了吧。工作是自己能选择的吗?头脑一热辞了工作的话,不超过一个月就得喝西北风。自己那点工资每个月的生活费都捉襟见肘,根本没有多少存款。我这种没什么专业技能的人,还有人愿意花钱雇我已经是老天爷开眼了。只是被人嘲笑了两声算得了什么，谁人不被嘲笑？

和往常一样，我给自己洗了一遍脑，终于恢复了理智，指着文件说"从这里开始的"。回答完鹿沼的问题，我终于平静了下来。是啊，倒霉的又不止我一个。

三

休假落下的工作在下班前终于全搞定了，我正准备收拾东西下班。

"辛苦啦。"鹿沼坐在原地挥手说道。

"今天也要加班吗？"我问。

"是啊，新婚旅行的费用，我还得攒攒。"

虽然是同一家公司派出来的，但他跟我不同，他签了可加班的合同。我也想有跟他一样的待遇，但派遣公司不同意。跟上一个工作单位一样，我加班的话，也是义务加班，没有加班费拿。

"那我先走啦。"

跟大家打过招呼后，我走出了办公室。

沿着校门外的坡道走到大学前站，乘电车晃晃荡荡地经过十站地就到新贝东站了。本来从那里换乘之后再坐两站地才是离我住处最近的车站，不过为了省点钱，我都是从新贝东站走路回家。路上有一家很实惠的小型超市，食材也能顺便买了。

通勤用的包，装了肉和蔬菜后变得很重。提着沉重的包走到住宅区，已经是晚上七点多了。

住宅区狭窄的街道本来就暗，零星的路灯泛着昏黄的微光，更显得昏暗。走在熟悉的路上，听着自己的脚步声，我的脑海里浮现出妹妹妃奈的身影。

工作的时候，虽然脑子里也会不由自主地想到妃奈，但忙起来会分散注意力。现在闲了下来，脑子里妃奈的影子更清晰了。那个对我无比信赖，总是对我抱怨职场和生活中的不满的妹妹的脸，清晰地浮现在脑海。

晚秋的凉风中，提着重物的手感觉变得麻木起来。

杀害妃奈的犯人，依然没有找到。

新闻里说，妃奈的尸体虽然是在山中被发现的，凶案的现场却可能是别的地方。妃奈可能是遇害之后被运到山里抛尸的。证据是妃奈应该随身携带的手机等物品一个都没有在山中找到。

难道说警方已经有怀疑的对象了？但是，警察没有对我透露细节，就算问了也问不出什么。我那么配合他们做笔录，把关于妹妹的一切都告诉了他们，警方却什么都不肯透露给我。就算我反复打电话，用哭腔哀求也没用。我已经放弃从他们那里找到真相了。

不过，只要他们抓到犯人，肯定会把最终的结果告诉我，所以我也只能等他们通知了。

我租住的公寓已经近在眼前了，此时突然冒出了一个人影。

"您是小林美樱女士吧？"

我条件反射般地停下来，点点头，仔细打量了一下对方。

表面上看，她像是刚下班的职业女性，年纪比我大不了多少，圆圆的眼睛让人觉得很可爱。但经验告诉我，她肯定不是恰巧路过的普通人。这么一想，我就不由得脊背发凉。

容不得我闪躲，她立即掏出名片自我介绍。

"我是周刊 *REAL* 的记者水户。"

感受到她强大的气场，我不由自主地接了过来。

"关于已故的小林妃奈女士的事，能请您回答我一些问题吗？"

她边说边向我靠过来，新闻记者追求真相时自带的气场压迫感十足，让我透不过气来。不过我顶住压力，开口说道：

"不好意思，我有急事。"

巧妙地避开水户，我继续往前走。万幸的是，我住的公寓那漆黑的外墙已近在眼前。水户不依不饶地在我身后高声问道："看到妹妹的惨状，您有何感想？"

我装作没听见，踩着生锈的室外楼梯匆忙上楼。这里是私人住宅，就算水户是记者也不能随便追上来。我尽量避开她的视线，弓着身子溜进了自己的房间。

反锁上门之后，我长舒了一口气。沉重的包"哐当"一声落地，里面的洋葱在地板上滚了起来。我现在可没有力气做饭。和水户那不到一分钟的交锋，我已经耗尽了能量，那种疲劳感就像熬了个通宵。

事后一想，我又开始生起自己的气来。

她这种人，凭什么初次见面就那么直言不讳地质问我？为什么我开口的第一句是"不好意思"，我跟她道哪门子歉啊！

走到床边，我轻轻掀开窗帘，从缝隙中往外看，水户的身影已经消失不见了。我本想狠狠地瞪她一眼，不过她不在那里，我却松了一口气。今晚，她应该放弃采访回去了吧。这个薄薄的墙体围成的小房间，从没有像现在这样让我感到安心。

虽然躲过一劫，但是"狗仔队"的攻势恐怕会越来越猛吧。我的住址已经暴露，知道的肯定不止水户一个人，他们肯定还会在我家附近堵我。妃奈的事，他们肯定非常关注。年轻的女孩被抛尸荒野，凶手是谁却完全没有线索，这种报道很容易勾起大众的好奇心。水户他们肯定看出了这个报道的价值，不会轻易放弃。他们假装同情我，顺势接近我，通过文字或者画面大肆宣传。啊啊，好烦啊。我下意识地揪住自己的刘海儿。

虽然这种事也不是完全没有料想到，可我一时间还是难以接受。难道十年前的遭遇又要来一遍？

一个人住的房间安静得可怕，只能听到屋顶上老旧灯管闪烁的声音。

成为杀人事件的被害者家属这种事,我已经不是第一次经历了。

十年前,我上小学四年级的时候,父亲小林恭司就是被刺身亡的。

我们家在一个名为那见市的海边小镇经营着一家西餐馆。因为父亲这名大厨的手艺不错,在当地也算是小有名气。

那天,父亲在打烊了之后,跟平时一样出门散步,却一整晚都没有回来。

第二天中午,终于有了他的消息——警方找到了父亲的尸体。

从那时起,家里就只剩下母亲宽子和我们姐妹俩了。那段时间,我们家仿佛被卷入了狂暴的洪流中,居住和经营两用的小屋被警察、记者团以及很多身份不明的可疑人员包围,乱糟糟的。

父亲好像是在附近的公园被人用刀刺死的。虽然周围的大人刻意回避在我们面前谈论细节,但据我所知,父亲的身上被人刺了十多刀。因此,人们一开始怀疑是仇杀。警察仔仔细细地调查了包括母亲在内的所有跟父亲有关的亲戚、朋友,以及其他熟人。

事件发生后的第十天,警方在审问出于其他原因被抓起来的少年时,意外地找到了凶手。那是一个没比我大多少的十四岁男生。被抓到之后不久，他就坦白了自己杀人的罪行。

在涉及未成年人犯罪的情况下，凶手的信息会被保护，不会公开真实姓名。但在网络发达的当今社会，上网一搜就什么都知道了。佐神翔，就是杀害我父亲的凶手的真名。我们家谁都没听说过的一个陌生的名字，也不知道这样的人怎么就和我们的父亲关联到一起了。

面对警察的审讯，佐神说他的动机只是想随便杀个人试试。警方在入户搜查的时候，发现了一个笔记本，上面详细记述了杀人的细节，还配上了佐神自己画的图。这本笔记成了他犯罪的铁证，被媒体称为肢解笔记，引起了轰动。

案件曝光后，便利店书架上的杂志大篇幅进行了报道，还披露了很多警方审讯佐神时，他那些惊世骇俗的言论。文章里写他在审讯室对警察说，他只是杀了一个垃圾一样的人。

垃圾！我看着这样的记述，震惊得一动不能动。母亲和妹妹也刚好在场。她们也看到了杂志上的报道，和我一样震惊。三个人一起呆立在那里，仿佛时间静止了。

对于佐神来说，杀人对象是谁根本无所谓。他觉得，夜里一边溜达一边吸烟的父亲是毫无价值的人。所以，就跟小孩子们拿石头敲蚯蚓玩儿一样，只是觉得好玩就把他给刺死了。

最终，佐神被警方抓捕了，作案动机也查明了。经过法庭的审讯后，他被判了十年刑。妃奈和我最后一次聚餐的时候说过，他刑满释放了。

然而,从父亲被害开始,我们家就遭受了不可修复的创伤。

失去父亲后,我们家的西餐馆不得不关门了。因此,我们失去了收入来源,家里的经济状况一日不如一日。

再加上以杂志为首的媒体,不仅曝光了佐神幼年丧母、被他父亲一个人拉扯大的身世,也把我们家里的情况搞得尽人皆知。说父亲厨艺精湛之类的也就算了,连母亲在婚前曾经做过吧台小姐的事也给抖了出来。

母亲独自带着两个年幼的孩子,每天还要面对这样的风浪。在杀害父亲的凶手被逮捕之后的两周左右,家门口来了一个不速之客。

和律师一起站在大门外的男人,声称自己是佐神翔的父亲,代替儿子来给我们道歉。

母亲没有开门,只是通过家门口的可视门禁冷冷地对他们说"这里不欢迎你们",就关闭了门禁视频。

我和妃奈在楼梯上目睹了这一幕。我们蹑手蹑脚地通过楼道走到能看到正门的窗边。案发以来,我们家的窗帘都是紧闭的。我们透过窗帘的缝隙偷偷看着正门方向。那是两个穿着西装的男人,一个抬着头,一个一直深深地低着头。低着头的应该是佐神的父亲。报道里提到过佐神是单亲家庭。

佐神的父亲足足低了五分钟的头,我们姐妹俩也不知道为什么一直就那么默默地盯着他。律师提醒他可以了，他才缓慢地抬起头，那是一张蜡黄而沧桑的中年男人的脸。空洞的眼神朝着我们的方向看来，我和妹妹赶紧逃离窗边，装作什么都没看见一样向客厅走去。

客厅里，母亲的脸色比佐神父亲的还要难看。她靠着墙，低头看着自己中指的倒刺，一心想把倒刺抠下来。我俩看着她，不知道说些什么好。

从那以后，佐神的父亲再也没跟我们联系过。但他的到来对母亲来说仿佛是压倒骆驼的最后一根稻草，就是这个男人的儿子杀害了我们的家人，这让我们深切地感受到了佐神这个恶魔离我们要多近有多近，母亲的精神崩溃了。

终于在某天早上醒来的时候，我们姐妹俩发现母亲不见了。从那以后，母亲就音信全无。警方也没有她的消息，应该是还活着吧。当初，为了协助调查父亲被害的案件，我们全家都被采集了指纹和DNA。如果有身份不明的尸体被发现的话，警方应该很容易就能判断出是不是母亲。

母亲失踪之后，我和妃奈被分别寄养在不同的亲戚家。我被送到贝东市的外婆家。外婆是个很穷又小气的人，我在她那里的生活要说不受委屈是不可能的。转学之后的学校也不怎么样。父亲被杀害的事虽然没有暴露，但有好几个和海野真凛一样嘲笑我的同学。

我仿佛是自由潜水的人需要浮出水面补充氧气一样，时不时地会跟妃奈联系一下。她是我能联系上的唯一的亲人了，也是同病相怜的倾诉对象。

妃奈被寄养在位于山里的筑野市的叔父家。同样过着寄人篱下生活的她跟我的感受差不多。距离太远，见面几乎不可能，我们只能忍着亲戚们厌恶的目光时不时通个电话。

高中一毕业，我们俩都立即逃离了寄养家庭，不约而同地到县[1]政府所在地——贝东市找工作，然后定居。但是，我们都没有找到正式的工作，我成了派遣员工，妃奈做起了保险推销的工作。

我们俩都拼命地工作，好不容易才过上了自食其力的生活。然而，妃奈却被人杀害了。

脑海里浮现着各种回忆，我伫立在床边。时隔多年，再次和杂志社的记者接触，让我想到了人生的转折点。随着十年前父亲被害，原本幸福、安宁的生活变得面目全非。

★

放学的路上，我越走越快。

1　日本的县相当于我们的省。

我上的那所小学离那见市的中心街很近。从学校出来，沿着国道上坡的方向走，建筑物就开始稀疏起来。之后的道路则变成了左边是海、右边是山的样子。

午后的阳光洒在海面上，波光粼粼。人们都说日本海和太平洋比起来要暗淡得多，我却觉得那见的海是世界上最明亮的。每次看到大海，我都感觉心情舒畅，不由自主地放慢脚步深深呼吸。

沿着上坡继续走不了多远，就能在右手边看到褐色的三角屋顶。走近才能看到木头房子的全貌，墙壁经过常年的风吹日晒已经发黑，就跟炒煳了的洋葱的颜色差不多。房子的入口处竖立着一块小黑板，有一个学生模样的男孩子正在打量着它。这家店名为"炙烤那见"。最近有很多人来这里拍小黑板的照片，我也没有特别在意，从男生旁边走过，走进木屋。这里就是我的家。一层是父母经营的西餐馆，二层是我们全家生活的地方，可谓"商住两用"。我最喜欢这里的是，推开窗就能看到大海。

我们家里总是飘着美食的味道。香香的，甜甜的，让人流口水的各种各样的味道。房子的正面是餐馆的入口，我们家的玄关和厨房则在后面。

我轻轻地打开厨房的门，看到爸爸那熟悉的背影，他那双大手正一刻不停地鼓捣着什么。餐馆晚上也营业，他可能是在腌制鸡肉吧。我喜欢这样默默地注视着他工作，那高大的身影竟能做出如此精细的动作。我看得正着迷,爸爸不知道什么时候察觉到身后有人,转过身来。

"吓我一跳,什么时候回来的?"

"我回来了,爸爸。"

炙烤那见所有的菜品都出自他一人之手。也就是说,厨房就是爸爸的领地,妈妈只负责接待客人和收银。

"有什么我能帮上忙的吗?"

我把书包往地上一放,问爸爸。

"你不用做作业吗?"

"没留多少作业,没关系的。"

"这样啊,那就干这个吧。"

爸爸放下鸡肉,在原本是白色的围裙上擦了擦手。这个围裙还是我爷爷,也就是上一代店主传下来的呢,上面的污渍也年头不短了。

"你能帮我榨柠檬吗?"

爸爸把冰箱旁边的纸板箱抬出来,放在厨房的操作台上,里面是签约的农户寄来的柠檬。

"没问题。"

爸爸用菜刀把柠檬一分为二,我站在他旁边,在榨汁器上徒手把这些切好的柠檬用力榨出汁来。

"多亏有你,我正愁忙不过来怎么办呢。"

被爸爸这么一夸，我榨柠檬的手更加卖力了。心里美滋滋地想，我们家的招牌菜里也有我的一份功劳呢。

炙烤那见这家店是我爸爸的双亲，也就是我的爷爷奶奶创建的。他们在我出生之前就过世了，爸爸从那时起成了二代店主。

虽说是继承的，但当初爷爷经营得并不好，没什么人气。爸爸和妈妈想尽办法想让餐馆红火起来，没想到却让经营进一步恶化了。

在我看来，爸爸做的饭菜是世界上最好吃的。日式汉堡、炸大虾、煎蛋饭，每一种都让人回味无穷。但也许是地理位置不好吧，没什么客人。我依稀记得很小的时候店里的模样，冷清到只能听到妈妈敲击计算器的声音。我刚上小学那会儿，他们两人甚至不止一次考虑过要不要彻底关门大吉。当时好像连各种保险都一一解约了。

倒闭边缘的炙烤那见在半年前突然变得人满为患，这都得益于爸爸开发的新菜——柠檬炒鸡肉获得了好评。

虽说不是首创的菜品，但可以说倾注了爸爸的心血。

这道菜最大的卖点在于所有的鸡肉都是在店里现杀现做的。在我们家后院，靠山的地方有个鸡舍。以前，爷爷在那里养过鸡，还为这家店争取到了宰杀家禽的许可。据说，只有贵客登门的时候，爷爷才会现宰一只鸡招待。爸爸受到启发，也在鸡舍里养起了鸡。

亲手养殖并现吃现宰的新鲜鸡肉，配上当天榨出的柠檬汁，用黄油简单一炒。就是这么简单的一道菜，父亲却靠它扭转了乾坤。

新菜刚出来的时候，店里的客人并没有因此增多。大约过了半年后，才不断有新的客人，其中不乏从很远的地方慕名而来的。他们无一例外都点了柠檬炒鸡肉，然后咬上一口热气腾腾的鸡肉，眯起双眼露出享受的表情。客人们口口相传，让我们家的柠檬炒鸡肉慢慢有了人气。

从那以后，炙烤那见就变成了网红店，有很多家媒体打电话来要采访爸爸。爸爸统统拒绝了，这让餐馆披上了一层神秘的面纱。可能是猎奇心理作祟，有很多人专门寻找电视和报纸上没有公开的民间美食。这让我们家的客人络绎不绝，到了节假日甚至需要排队等号。

爸爸妈妈无时无刻不在忙，连家长会都没时间参加。特别是爸爸，厨房里的一切都要他一力承担。在厨房里忙得团团转的他经常念叨，"忙死我了，忙死我了"。但在我看来，额头渗着汗珠、一脸专注的爸爸，跟班里最帅的男生一样，眼里都有光。看到他那么忙，我不由自主地把自己的作业往后放，来到厨房帮他。

半个柠檬在榨汁器上一拧，透明的果汁就开始流下来。能不能再榨出一滴呢？我这样想着，用力一捏柠檬，果汁一下溅到眼睛里了。

"哎呀！"我不由自主地叫了一声。

"怎么样？要不要紧？"

"没事儿，柠檬汁进眼睛里了而已。"

"赶紧拿清水洗洗眼睛。"

我觉得揉揉眼睛就没事儿了，却听话地去洗了洗。在水龙头那里，我发现有一片鸡肉掉到地上了。正在处理鸡肉的爸爸太着急了才失手的吧。在他眼中，果然宝贝女儿才是更重要的。

"去医院看看吧。"爸爸盯着我洗完的眼睛很久，然后说道。

"太夸张了吧？"

总被人这么盯着很害羞，我转过身去继续榨柠檬。爸爸却仍然担心我的眼睛，跟了过来。

"不是我大惊小怪，要是还疼的话，可千万不要勉强。"

"都说了没事的。"

"那就拜托了哟。配上我女儿榨出的果汁，鸡肉的味道都更好了呢。"

爸爸的话让我充满自豪，炙烤那见的红火也有我的一份功劳。当时我想，就算为爸爸榨一辈子柠檬也心甘情愿。

长大以后，我才发现这是爸爸的关爱。

我很想帮爸爸，但遗憾的是我天生笨手笨脚，还没有自知之明。毛毛躁躁的，牛奶盒经常开不利索，从橱柜里拿个盘子这种简单的操作，我也能把盘子打碎好几回。知女莫若父，对于处理给客人用的食材之类的活儿，他是不敢交给我的。当面直说又怕打击到我，就把榨柠檬这种谁都能干的活儿交给我，还郑重其事地对我说，"这是特别重要的任务哟"。后来，我之所以不觉得做饭是一件很难的事，也是多亏了他的这种关爱吧。

榨着榨着，我从余光发现，爸爸的大手捏着牛奶冰激凌向我走来。他总是用我爱吃的东西作为我努力榨柠檬的奖励。我回过头来会心一笑。

善解人意的爸爸是我当时最喜欢的人。

在木房子里的生活很平凡，却让我觉得当时的自己真的好幸福，好幸福。

四

从大学前站出来沿着下坡往大学走，半路上，我远远地看到校门口只有四五个人在溜达。

我心中一喜，想着自己早点出来就对了。但马上就发现自己错了。

因为还早，进校的学生也零零星星。他们对校门口投去异样的目光，因为那几个人一看就不是学生，年龄也有老有少。我假装自己也是学生，从他们身边低头走过。

"您是小林美樱女士吧？"

专业"狗仔队"的眼睛太犀利了。还没等我做出反应,他们就"呼啦"一下子围了过来,手机、摄像机、录音笔就冲我迎面过来了。这种围观让一些路人也远远地拿起手机拍了起来。

"能请教您几个问题吗?"

"看了最近的新闻报道,您有何感想啊?"

"有新的证词,您听过吗?您有何看法?"

记者们七嘴八舌地问个不停,我已经快要窒息了。

"那个,我……"

我才不想接受什么采访。要是在这里说错一句话,哪怕是一个词,后面就甭想有好果子吃。虽然知道沉默是金,但是面对他们的攻势,我也只能支支吾吾地应付。

"您是怎么想的啊,美樱女士?"

一个女人拿着录音笔就像拿着匕首来刺杀我似的,我一看,这个问话的记者不正是周刊 *REAL* 的水户吗?我想后撤逃离她,但这时,本应该是竞争对手的记者们却空前团结。他们不断地缩小跟我的距离,不让我逃出他们的包围圈。一个个不从我身体里榨出点东西绝不善罢甘休的架势。

继续这样下去的话,我肯定会被他们当成抹布一样拿捏吧。正当我这么想的时候,戴着白手套的一双手把他们扒拉开了。

"我说你们适可而止吧。这里是学校,可不是你们可以为所欲为的地方。你们有采访许可吗?"[1]

是那位每天和我打招呼的门卫大叔。看到校门口的骚动,他从门卫室走出来,把我护在身后,质问那群记者。也许只是为了履行他维持大学治安的职责,我却因此逃过一劫。以门卫为挡箭牌,我"刺溜"一下钻进了校门。进了校门应该就安全了吧。周围的学生用异样的眼神打量我,他们可能只是好奇发生了什么吧。

我不敢面对他们的目光,低着头向教务楼走去,然后赶紧躲进办公室。

我元气满满地跟办公室里的人打招呼,但总感觉他们的回应有些疏远,这绝不是因为我的被迫害妄想症。

强装镇静的心态就快崩溃了,我终于走过同事们的办公桌,快到自己座位了,却发现桌子上多出一个棕色小纸袋。我立即停下脚步想仔细观察,心想里面会不会是新闻报道里说的那些可疑的物品。这时候,鹿沼的声音从后面传来,让我吓了一跳。

"早上好,你这胆子也太小了吧。"

我回过头去对鹿沼说:"早、早上好啊,呵呵。"

"那是费南雪蛋糕。"

---

[1] 在日本采访,一般是要事先预约的,得到许可才能登门。

他指着我身后桌子上的小纸袋。

"是我老婆烤的。她不是面点师，能做出来厉害吧。她说让我分给同事们尝尝，我就带来了。"

原来桌子上的纸袋是鹿沼带来的小礼物啊。

"太感谢了。"

我暗自笑话自己，看到纸袋的时候我脑补了一下，里面难道是刀片或者烂菜叶之类的东西？但转念一想，这里可是大学的办公室啊，没有谁能随随便便进来，又神不知鬼不觉地把东西放在桌子上。

"当点心尝尝吧，真的非常好吃。我老婆可厉害了！"

鹿沼还是跟以前一样，在人前夸自己老婆的话张口就来，一点也不害羞。但是，他此刻内心的真实想法我却无法推测。我装作很感兴趣的样子向纸袋里瞅了一眼，避开他的视线。再香的美味也无法挽救我坠入深渊的心情。

第一次碰到水户的时候，我就应该想到的。

她那时问我："看到妹妹的惨状，您有何感想？"

当时，我虽然知道作为被害者家属可能会被记者骚扰，但因为我和妹妹住得很远，压根儿不会想到杂志社的记者会夜里来访，所以一时不知所措。再加上有父亲被害事件的经历，我对像苍蝇一样的周刊记者还是有所了解的。上一次，作为被害者家属，我们就在他们那里吃了不少苦头。

我真没想到。

人们因为立场不同，会展现出不同的样子。立场这东西也不是一成不变的，轻易就反转了。

和父亲那时候不同，妹妹被害之后，作为被害者家属的我本来应该是被同情的一方，但渐渐地，舆论却开始针对起我来。

起因就是周刊 REAL 的报道。

文章的标题是"被刺身亡的美女不为人知的真面目"。

周刊 REAL 的记者在凶手还没有眉目的情况下，先把被害人小林妃奈调查了个遍，然后发现了她前男友 A 的存在。

A 也是一名死者，大约一年前，在登山的时候坠崖身亡。

A 孑然一身，记者们花了很大的力气才找到跟他有点亲缘关系的大伯母。老人家已经九十多岁了，却精神矍铄，回答记者的问题也很有条理。她对 A 的死亡提出了疑点。

A 死后，人们才知道他买过寿险，而且保额高达三千万日元，受益人不是他的亲戚，而是一个素未谋面的名为小林妃奈的女人。大伯母经过多方求证得知，她是 A 当时交往的对象。据说，A 死前的半年左右，他们开始交往。A 估计是在作为保险推销员的女友的建议下才买的寿险。

A 把毫无血缘关系的人作为寿险的最终受益人，这件事没法让人不多想。大伯母怀疑 A 可能不是在清醒的状态下签的字。她怀疑小林妃奈这个保险推销员为了业绩欺骗了单纯的 A，甚至杀人后伪装成意外死亡，为的就是把保险金骗到手。

周刊 REAL 的报道立即引起了世人的关注。

很多媒体紧随其后，真真假假的消息在网上迅速发酵，而脸打了马赛克的 A 大伯母接受采访的视频也在各大社交媒体网站上被迅速传播。她面对视频 up 主[1]的提问，不止一次呼吁大家关注她提出的疑点。网上怀疑妃奈杀人骗保的留言越来越多，妃奈高中时代的证件照也被做成各种贴画传得到处都是。

记者一窝蜂地来采访我也是因为这件事。自从碰到水户之后，我家门前每天都有一些记者，还有 up 主蹲守，说想问我一些关于妃奈的事。我从一开始就决定不接受任何一家媒体的采访。一旦开始接受采访，后面的事不用想也知道。不管如何诚实地回答，最后都会被断章取义、恶意编派。父亲遇害时，我的亲身经历告诉我一定不能搭理他们。

但是，这群"狗仔"比以往更加执着，更加不择手段。就算我拒绝他们的采访回家关上门，他们也隔着门问个不停。现在甚至跑到我工作的大学来了，向同事们打听我的事。今天早上，他们甚至跑到校门口来堵我，在众目睽睽下逼我回答问题。

他们已经不把妃奈作为凶案被害者看待了，反而认定她是杀

---

[1] up 主：在互联网上，将视频、声音、图像等数据向共享网站上传发布的人。

人骗保的嫌疑人。我在他们眼中成了犯罪嫌疑人的姐姐。难怪周刊 REAL 的记者水户当时用那样的措辞，问我知道妹妹的真面目之后有何感想。

网上的报道不断强调妃奈骗保的嫌疑，在舆论的引导下，人们的态度也发生了转变。网上对杀人凶手是谁不闻不问，反而频现怀疑、诋毁妃奈的风气。他们认定是妃奈为了骗取保险金设计杀害了 A，因为做了太多亏心事，现在遭报应了才被杀害，自作自受。意识到我是妃奈的亲姐姐，周围的人看我的眼神也变得越来越冷漠。

邻居和同事们跟我也变得日渐疏远，还有匿名信寄到家里，里面要么是写满威胁的话，要么就是剃须刀片。我害怕极了，却不敢报警，因为警方正在调查妃奈被害的事。他们肯定也注意到了网上的报道，这个节骨眼儿报警的话，他们可能也会被网上的消息误导吧。

"闻着就知道肯定很好吃吧。"

鹿沼的声音让我回过神来。

从桌子上的小纸袋里确实飘出来现烤蛋糕那种香甜的味道。我稍微缓过来一些，终于能鼓起勇气面对鹿沼了。

"嗯，真的很香，我带回家吃。"

扎紧纸袋，我打开电脑，努力让自己的注意力转移到工作上。这次记者们引发骚乱很可能导致我被解雇,我可不能让人在工作上挑出毛病来。面对记者们不分昼夜的骚扰就开始慌神可不行,因为他们为了找到妃奈犯罪的证据,肯定会对我穷追猛打,难熬的还在后面呢。

但是,打开业务联络用的电子邮件,我又陷入了沉思。妃奈跟我聚餐了那么多次,什么都没告诉我。不看新闻,我都不知道她做的那些事。

虽然我知道她一年前有过交往的对象,在我们俩常去的那家小餐馆里,她亲口对我说,自己交到了新男友,还说这回遇到的是个非常不错的小伙子。但也仅限于此,没有细说交往的经历。

虽然我们会谈一些生活上的糗事,但我们俩对与恋爱相关的话题不怎么谈。我从来没交过男朋友,妃奈偶尔会和男人约会,但她可能是顾及我的感受,并不会多说。

A的情况也是如此,我听她说过有这么一个男友,但几个月之后,我在聚餐时随口问了一句交往还顺利吗?她只说了一句,"人不见了"。现在想想,她最后一次跟我聚餐时的的确确说过,"那么喜欢的恋人也不见了(没了)"。

我当时还以为他们只是分手了,谁能想到A是意外身亡了呢。而且,妃奈还因此领取了巨额保险金。妹妹在我面前哭穷卖惨不是一天两天了,要是一夜暴富,我不可能看不出端倪。

但世人现在已经把妃奈塑造成一个为了金钱不择手段的邪恶

女人，还有一些自称是专家的人断言她患了一种名为自恋型人格障碍的病。

在网上不经意间看到的这些闲言碎语在脑子里挥之不去，我使劲用指尖按了按眉间，却让脑子里的杂音越来越响了。他们都在说妃奈是恶人，都在说她干了伤天害理的事。

妃奈真的是这样的人吗？

五

午休的铃声响起，我赶紧从座位上站起身来。

来到办公室所在的教务楼后面，那里有一棵低矮的小树和一张生了锈的长椅。

教务楼后面是数据科学系的教学楼，两栋楼背对着背而建，中间只有几米宽的空隙，也照不到阳光。就算有长椅，也不会有人愿意来这种地方休息，几乎没什么人从这里经过。我轻车熟路地走过去坐下，拿出准备好的午饭。

我来这里不是为了躲避同事，怕他们因为妹妹的新闻给我眼色，而是自打来这里工作就养成的习惯。有空休息的时候，我都是一个人。

其实呢，在自己座位上吃午饭也没关系的。我主要是不想在人前摘掉口罩露出真容，所以才找这么个没人的地方吃饭。刚被派到这里的时候，我第一时间把整个校园探查了一遍，最终决定把这里当作我午休的秘密基地。没什么人的地方还有好几个，但是这里是唯一有长椅的。

长椅后面的小树虽然低矮，但伸展开来的枝叶正好遮住了长椅。就算下点小雨，在这里休息也是没问题的。雨下大了的话就挡不住了，下大雨的时候，我就在树下撑着伞站着啃饭团子。天气恶劣的时候，虽然麻烦了点，但我不想在人前露出自己的牙齿，所以不在人前吃东西这一点是一定要坚持的。

我坐在长椅上，拿出在家里做好的饭团子。刚剥开饭团，头顶就传来树叶沙沙的响声。我摘掉口罩抬头看着树枝，茂密的树叶压得树枝低垂。

这是一棵柠檬树，我也是最近才知道的。

这才夏天，树上就已经长满了小小的果实。当初，看着那深绿的颜色和圆圆的形状，我还以为是柚子或者青柠。随着它们不断长大，果子慢慢地变成了橄榄球的形状，我才发现是柠檬。柠檬越长越大，把树枝压得更低了。

不过还没有彻底成熟，颜色还是绿的。在人们的印象中，柠檬可能是夏天收获的水果。其实不然，柠檬的收获季节在冬天。不知是不是因为气温太低了，果实这么密，在树下却没有闻到酸味。

透过轻轻摇曳的树枝，我发现好像有什么东西在动。

我赶紧把挂在下巴上的口罩拉到鼻子上。事实证明我没有看错,的确是有人来了,好像是午休时偶尔会从这里经过的男生。

我放下饭团子,戴好口罩,不想让人看到我的脸。他要是不来的话,我就能一个人悠闲地午休了,但他每次从这里经过都会礼貌地跟我点点头,我也不好意思无视,也对他点点头。一来二去,也算是认识了。

我先在椅子上坐着对他点点头,等着他走过后再继续吃午餐。我手里拿着饭团子也挺尴尬的,立即收起来也容易让人多想。正这么低头想着,对方却开口对我说:"要不要拿回去尝尝?"

我抬起头,发现他已经走到我身边,手指着柠檬树。从叶缝中透过来一缕阳光正好打在他的眼镜上,他透过眼镜的双眼正直直地盯着我。

"虽然还有点青,但青柠檬的味道也非常不错哟。"

他不是自言自语,貌似是在跟我说话。建议我摘几个柠檬拿回家吃?开玩笑的吧?

"没关系的,我是农业系的。"他又接了一句,让人更加摸不着头脑了。

看到我沉默不语、满眼困惑,他终于意识到自己的唐突,不好意思地笑了起来。

"哎呀,都怪我没说清楚。这一带本来是农业系的土地,教务楼后面原本是农场,前面则是实验林。"他用手指了指教学楼的西面。那里的确有一些残留的树木,隐约能在树林里看到实验室模样的老房子的屋顶。

"十年前,校园改造,农业系整个系都搬到了隔壁镇的新校区。然后,这里被改建成数据科学系的教学楼。这棵柠檬树和长椅都是原来农业系的东西。"

难怪在这种人迹罕至的地方有一张长椅,我心想。

"农业系留下的柠檬和长椅还得我们系自己管理。准确地说,这棵树是我在照顾。每年收获的柠檬多得吃不完,想着如果您能拿回去一些,也算是帮我减轻负担了。这棵柠檬树经过改良后是没有刺的,直接上手就能摘。"

他用手轻轻拍拍树干,仿佛养狗的主人在抚摸爱犬,看上去不像坏人。

但是,我还是充满戒心地回绝了他。

"您的好意我心领了,谢谢。"我小声说,"我吃不了柠檬。"

不只是柠檬,还有鸡肉。以前我是那么喜欢吃这两样东西,现在却变得难以下咽。

"这样啊,请原谅我的冒昧,打扰您用餐了。"

面对我坚定的回绝,他没有再坚持。本以为他会这样直接离开,谁知他还是站在我面前不走,而且开口问我:"您是学校教务处的小林女士吧?"我虽然在点头,心中却惊讶于对方连我的名字和工作地点都知道,不知道他想干什么。

"有些冒昧,我叫桐宫。"

他说自己叫桐宫证平,是农业系的研究生。

他继续说:"我在运营一个名为'那之后'俱乐部的志愿者社团。"联系之前他劝我摘柠檬的事,我感觉他不是一个稳重的人,"我们主要是给那些上班族提供帮助的。他们的孩子放学后没地方去,小学生还是需要有人照顾的。大晚上让孩子一个人看家,无论是从安全方面还是教育方面都容易出问题。所以,小学放学后一般都会有托管服务,但大部分托管班下午五点就下班了。不是每个打工族都能在五点结束工作回到家照顾孩子的,所以学生从托管班出来之后到父母下班这段时间,需要有人帮忙照顾。我们这个俱乐部就是提供这种支援的。"

我礼节性地点头回应。

"那边不是有座很旧的建筑嘛,"桐宫指了指试验林的方向,就是我刚才看到的那个像是实验室的建筑,"我们把那里租了下来,场地是有了,但现在人手不够,不知道小林女士能不能来帮帮忙。"

"欸?"

我一脸惊讶地望着他,怎么还把我扯进去了!

"小林女士在教务处的工作结束后,不知道能不能在我们这个俱乐部里跟孩子们说说话、做做游戏。一周两三次就行。"

桐宫的手还在抚摸着树干,语气诚恳地请求我去帮忙。我却无法接受,为什么放着校园里那么多男男女女的学生不去找,反而跑到这个犄角旮旯,找一个正在吃午饭的办公室工作人员呢?

"最近,能做志愿者的大学生实在是不好找啊。来做志愿者,回家晚不说,这种经历就算找工作时写在简历上也不出彩。"仿佛是看出了我的疑惑,他赶紧解释,"而且,也不是谁都能做的。我们帮助的对象是孩子,所以至少要成熟稳重、温柔善良的人。我就想到了在教务处工作的小林女士,您在前台工作,待人接物耐心、细致。许多工作后的人面对没什么社会经验的学生时,可不会像您这样客客气气的。"

我只是怯懦而已,连初中同学带人来刻意嘲笑,我都不敢当面"回敬"回去。虽说如此,我也不是人家说两句好话就轻易相信陌生人的傻瓜。

"哎呀,忘了跟您说了,不是学生来做志愿者的话,是有偿的。"他这么一说,我还真有点心动。心想,如果给太少就拒绝,谁知他开出了时薪九百日元的高价。

"您工作结束是在下午五点吧。晚上六点到九点这三个小时,一周两到三次,不知道您可不可以?"

我咽了口唾沫,心想这哪是志愿者啊,明摆着是条件极好的第二职业啊。

现在那点工资只能勉强让我活着,换工作难度太大。我一直琢磨着去哪里找份零工，但根本找不到合适的。结束一天的工作后，再大老远地跑去别的地方打零工对体力也是一种考验。能在家里做的活儿，工钱又给得太低，不划算。而且，我也没有什么一技之长，都是工作挑我，轮不到我挑选工作。

这么一想，在这家俱乐部兼职做志愿者就太有吸引力了。在大学里开办社团是要获得大学审批的，所以这家俱乐部应该是正规的。在实验林里的旧实验室就是工作地点，我下班之后几分钟就能走到，转场时间可忽略不计，交通费也省了，但时薪足以媲美居酒屋的服务员的时薪，甚至还要高一些。

为了不让他看出我是因为他说了薪水才改变主意的，我刻意问了问跟钱无关的事情——工作的具体内容之类的。

"孩子们在的时候，通常也没有什么必须做的工作。我们这里不是托儿所，他们也都大了，能自己照顾自己。只是在他们家长来接之前这段时间陪着他们就行，跟他们打打扑克，有不会的作业帮着看看什么的。另外，他们要在这里吃晚饭，所以到时候还需要帮着准备晚饭。我们提供的看护服务是包含晚餐的。"

听起来也没有什么难做的。看着我对工作内容感兴趣的样子，桐宫掩饰不住自己的喜悦。

"当然，不用您立即决定，您可以慢慢考虑考虑。"

"不用考虑了，我决定加入你们。"我立即回答，"要是没问题的话，这个星期我就能来上班。"

"真的吗？那太好了！您可帮了大忙了。这周特别忙，我正愁该怎么办好呢。"

桐宫的表情一下子放松了下来，从兜里拿出手机。我俩交换了联系方式，我在手机里设置了兼职的日程提醒。

桐宫又跟我说了很多俱乐部里的细节。能看得出，他对自己创立的俱乐部投入了很多心血。不知不觉，午休的时间已经过半，他这才意识到我还没吃完饭。

"真对不起，午休时间都快结束了吧？那我就不打扰您了。我们后天见。"

他慌忙说完转身就走了，可能他自己下午也有课要上。

终于安静下来了，我坐在长椅上继续吃已经又冷又硬的饭团子。

桐宫可能还不知道有关妃奈的报道吧，更不可能知道我就是妃奈的姐姐。如果知道我是"杀人骗保案"中犯罪嫌疑人的姐姐的话，他肯定不会特意找我来照顾小孩。当然，我也没义务告诉他。

在他发现之前，我打算尽量在这份兼职里多攒点零花钱。不为别的，因为我随时都可能失业。妃奈的案件，虽然同事们那边暂时瞒过去了，但过不了多久，整个大学都会知道我的身份。那样一来，就算我再怎么努力工作，大学方面也不会愿意跟我续约的，甚至派遣我的那家公司也可能会把我除名。到时候，我就没有收入来源了，所以必须趁着现在多攒点钱。

虽然冷饭团嚼着费劲，但我还是很快就吃完了，拿出手机再次确认日程表里兼职的日期。如果从下班后开始算三个小时的话，每次就有将近三千日元的报酬。这种兼职要是一直能做就好了。

这么一想，我不由得叹了口气。不知道从什么时候开始，我潜意识里就认为妃奈有错才会招致世人的谴责。

这是不对的。

我一下子醒悟过来。

他们所说的那些肯定都是假的，妃奈绝对没有为了骗保去杀人。我整理遗物的时候去过她的住处，那里跟深冬的早上一样冰冷，能看出她的生活还是那么寒酸。如果一个人有了三千万日元的巨款，就算都存起来了，在她家里也应该能找到一些生活有所改善的迹象。妃奈的房间以及她的言行，都让人察觉不出她变富的蛛丝马迹。我这样长期缺钱的人对这一点还是很敏感的。她也不太可能一下子把三千万日元都花了。

我的妹妹是不会主动去伤害别人、欺负别人的。

她是个善良的人，我可以用性命担保，就算这个世界上谁都不相信她，我也坚信这一点。

手机在手里突然振动了一下，貌似是新闻网站的推送通知。虽说是重要信息才会以速报的方式推送到手机上，但通常都是一些艺人又干了什么出格的事之类无聊的新闻。习惯性地瞄了一眼标题,我倒吸了一口冷气。

"小林妃奈又有了新的嫌疑。"

六

"您听说过吗?最近,人们都在议论的保险金欺诈案。"

"最近有什么值得关注的新闻吗?"这是记者常用的提问方式。视频中的一名瘦长脸男性面对这样的提问,坐在沙发上回答:

"准确地说,应该叫恋爱骗保吧。让交往的对象买寿险,受益人那栏写上自己的名字。"

"哦,您说的是那件事啊。"

采访由此进入正题。最近这段时间,谁都知道那件事就是指妃奈的案件。

"实际上,我也有过类似的遭遇呢。"

"欸?!铜森先生您也被骗了?"

采访者一脸惊讶地问。

"是啊,那是我的事业还没有步入正轨的时候,我和一名从事保险推销工作的女士谈恋爱,后来因为性格不合分手了。分手后,我在家里发现了一份不知道什么时候签的保险合同。"

"不会是寿险吧？"

"是的，也不知道她什么时候用我的名义买的，是她工作的那家保险公司的产品。意外身故的话，保险金高达两亿日元，受益人写的却是她。"

"两亿！"

"是啊，我赶紧解除了合同。"

"您这差点成了保险欺诈案的受害人啊。和前女友交往的时候，有没有发生过危及自身安全的事呢？"

"那倒没有。只不过她是那种有点黏人的类型，把我的一切都管得死死的。我当时以为这就是她喜欢一个人的正常表现，也没在意她收集我的个人信息干什么用。通常来说，热恋中的男女是不会怀疑自己对象的吧，深爱着对方，无条件信任也正常吧。"

"确实是这样。不过，铜森先生这样的帅哥也差点被恋人骗真是让我意外啊。您当时应该很受异性欢迎吧？"

"您要是认识当时的我，就一点也不会意外了。"铜森穿着一身修身的西装，跷起二郎腿继续说，"我根本没什么异性缘，而且这也不是恋爱经验丰不丰富的问题。恋爱诈骗和保险金诈骗这种事，是可能发生在任何人身上的。谁都会有喜欢上别人、无比信任别人的时候，世人却认为苍蝇不叮无缝的蛋。特别是恋爱欺诈案，人们觉得受害者肯定是色令智昏，陷入圈套也不值得同情。但这是不对的，相爱或者喜欢一个人是人类纯洁的情感，被欺骗的人不应该感到羞耻，有错的是那些利用人们情感的骗子。我分享自己的经历，也正是想告诉大家这一点。"

他一脸严肃的样子，仿佛是在自己公司气场十足地对下属训话。

"您说的是。"采访者的局促回答显得底气不足。

我看到这里就关了视频。

这段视频发布在视频网站上。在网络世界，一些知名博主经常上传一些名人访谈，采访一些白手起家的成功人士，介绍他们的经营理念、成功经验以及个人生活等。

上周的嘉宾是铜森一星。他年纪轻轻就创建了一家名为"筑野BAL"的餐饮店。筑野BAL是他在故乡筑野创立的一家西式居酒屋，食材都是当地生产的。两年前，他成功地在地方城市贝东市开了分店。现在，在两个城市一共有五家连锁店，也算是小有名气。

在没有任何支援的情况下，铜森从挨家挨户地拜访当地农民开始，收集食材，创立筑野BAL一号店，一步一步走向成功的经历着实吸引人。但是，二十分钟的访谈，在网上广为流传的却是我刚才看的视频里的内容。他呼吁人们不要嘲笑被骗子骗了的人，很多网友回复"深深感动""深受鼓舞"。

但是，反响却不止如此。

我用手机继续刷着新闻，刷到了一张照片。那是一对恋人脸贴脸的自拍照。

照片上对着镜头微笑的姑娘正是妃奈,看上去比现在年轻一些。从那齐齐的刘海可以判断出,大概是高中毕业之后,她刚参加工作时拍的照片。

而她旁边的男人,正是我刚才在视频里看到的铜森一星。他的笑容看起来比现在略显青涩,两个人紧紧地靠在一起。

我刚刷到这张照片的时候,还怕以后找不到,立即下载后保存在手机相册里了。但没过多久就发现这么做是多此一举——这张照片已经在网上传开了,几乎无处不在。

铜森这样优秀的企业家都险些被骗的视频在网上引起了轰动,网友们出于好奇开始深挖铜森的个人信息,就找到了这样一张照片。

照片一看就知道当时妃奈和铜森是恋人关系。而铜森在回答"最近有什么值得关注的新闻吗"这个问题的时候,暗示A的意外死亡很有可能和妃奈有关,自己也险些跟A一样被骗。

人们自然会联想到铜森的前女友不会也是小林妃奈吧?那样一来,她不仅坑害了A,很有可能是保险金诈骗的惯犯。

妃奈的嫌疑越来越大,新闻报道也越炒越热。

我关掉铜森和妃奈的照片,合上黑屏的手机。

一定是哪里搞错了,大家都误会妃奈了。作为她血脉相连的姐姐，我最了解她的本性，她不可能为满足一己之私一再地陷害无辜的人。那岂不成了旷世大恶人了？

虽然我相信妹妹的为人，但事实上内心多少也有点动摇。

妃奈和铜森交往的时间，与铜森提出的险些遭遇欺诈的时间是吻合的，这一点我是知道的。妃奈刚做保险推销员不久，曾跟我说起过自己有了男朋友，可能就是铜森吧。两个人年龄差了将近十岁，想来是因为都出身于筑野才认识的吧。铜森是当地人，而妃奈从小学到高中都生活在筑野。他们好像还是同一所高中的校友。

关于铜森这个人，妃奈和与Ａ交往时一样，没跟我说太多，只是分手后告诉过我她失恋了，交往了大概一年。与Ａ的交往，则是跟铜森分手了一年之后才开始的。

妃奈交过的男朋友，我知道的就只有这两个人。

铜森和Ａ这两个人，在和妃奈交往的时间里，都买了寿险，受益人都是妃奈。铜森说他不记得什么时候签的合同，Ａ不知道具体是什么情况，和妃奈交往几个月之后就死了。在一般人看来，这的确不太正常。

而且，现阶段明确知道的只有这两个人，如果妃奈还有其他的交往对象，然后让他们都买上寿险，受益人写她自己的名字，那么妃奈想做什么？

我厌恶产生这种念头的自己，怎么能这么怀疑自己的亲妹妹呢？

"咣当"一声，电车停了下来，我的身体不由自主地前倾。我下车来到站台。

车站内乱糟糟的。后面的人发出不满的咂舌声，我赶紧一边跟人家道歉，一边迅速通过检票口。事后，我才发现自己的步子并不慢，拿出交通卡刷卡出站也很正常。人家稍有不满，我就立即道歉，已经是无意识的条件反射。我苦笑了一下，走出了车站。

我是下班后才过来的，太阳早已下山。市中心的商业街办公楼林立，高耸的建筑一片灯火通明。相比之下，满天星光都要逊色得多。各家公司好像都在比着谁更勤勉。铜森创立的筑野BAL也在去年把总部搬到了贝东市的这片繁华地带。我跟着手机地图的导航往他们公司走。

妃奈生前到底做过什么？

不搞清楚这些，我无法心安。没什么大不了的，妃奈肯定是无辜的。她肯定不是为了骗取保险金才让A买保险的，更不会为了三千万日元设计害死自己的恋人A。同样，她也不会欺骗铜森，一定是因为巧合而被世人误解了。那么，我这个姐姐一定要查清真相，还妃奈清白。

被称为A的这个妃奈前男友的具体情况我不了解，人也已经死了，现在只剩下筑野BAL的经营者铜森可以问了。

面对后续的各种采访，铜森说的还是在之前访谈中说的那些话。对于世人感兴趣的问题，他给出了模棱两可的回复，还说差点成为保险金欺诈案的受害者这一点，只是他的个人看法，没有客观的证据，所以他的前女友在法律上是无罪的，希望大家不要去网暴她。他说出自己的经历，是为了鼓励那些被骗的人，不是针对谁。

事情发展到这一步，就算铜森出面澄清骗他的人不是妃奈，还妃奈清白，舆论也不会停止搜索他的前女友。不是妃奈又会是谁呢？不负责任的网民必然会罗列出一个又一个名字。无论铜森说什么，都会把某个人推到舆论的风口浪尖。成功企业家的"人设"不允许他做出这么不人道的事，所以他不能多说什么。

但是，我是妃奈的姐姐，他会跟我这个被害者家属把事情说清楚的吧？为了不对他的事业造成影响，就算要我把秘密烂在肚子里也无所谓。哪怕外界还是误解妃奈，只要我心里明白她是无辜的就足够了。

可能铜森所说的欺骗他的人不是妃奈，他还有其他前女友恰巧也是个保险推销员，而那个人才是诈骗犯？或者说，妃奈并没有骗他，他确实是在前女友的推荐下买的保险，但把受益人和代理人的名字看混了。

只要这两个可能性有一个是真的，我就得救了。

为此，我必须找他单独谈谈。

眼前的建筑在林立的办公楼里也算高的，筑野 BAL 的总部据说就在四层。

当然，我觉得第一次拜访就能见到铜森的可能性不大，今晚的首要目标是预约见面的时间和地点。虽然可以通过筑野 BAL 拿到铜森的电话或者电子邮件地址，但我还是觉得面谈更容易说清楚。我带着自己的健康保险证[1]，方便证明我的真实身份以及和妃奈的血缘关系。

来到入口处的自动玻璃门前，看着一拨又一拨人进进出出，我终于鼓起勇气，随着人群进了楼。除了筑野 BAL 之外，这座办公楼里还有不少优秀公司的办公室。穿着便服的我在这里显得格格不入。早知道这样，真应该先回趟家，把那身面试用的西装穿上再来。

都到跟前了，岂能无功而返？正好有一个也穿着便装的光头男进来，我赶紧跟着他往里走。实在没好意思跟那些西装革履的人挤电梯，我走楼梯上到四层。

筑野 BAL 的办公室非常显眼，前台好像没有人，但我刚从大门走进去，就有一位漂亮的女职员出来问我有什么事。

---

1 相当于社保卡，在日本，如果没有身份证，需要证明身份的时候只有驾照和健康保险证可用。

我亮明自己是妃奈姐姐的身份，告诉她我来这里是想跟铜森当面谈谈。她说要跟领导汇报一下，让我稍等。大约过了五分钟，她从办公室里走出来。

"实在不好意思，我们不能答应您的请求。"

这样的回答在我意料之内。铜森在不在里面另说，我这样贸然来访，人家有些顾虑也是正常的，好在我已经想好了对策。

"能麻烦您把这个转交给铜森先生吗？"我拿出事先准备好的信封，里面写了我想面谈的缘由以及证明我身份的材料的复印件。铜森只要仔细读了我写的信，应该就知道怎么回事了。

"对不起，这个我们也不能接收。我们公司有规定，如果不是铜森先生认识的人的东西，我们是不能代他接收的。"

"那请转告铜森先生我来过，我会再来拜访的。"

"抱歉，转告陌生人的口信也违反规定。"

"不至于吧？"

我震惊了。连捎个口信给他都不行，我要如何联系上铜森呢？

"我们公司规定，必须有他认识的人介绍才行。"女职员还在重复刚才的说辞。

可是，铜森和我都认识的妃奈已经去世了啊。我不就是想问妃奈的事吗？我还想继续周旋，女职员却根本不给我开口的机会。

"请回吧。"女职员精心修饰的眼角虽然笑容依旧,从口罩里传出的声音却已冷冰冰,"如果您还是坚持不走,我们公司将依法强制请您离开。"

我再一次被她的话惊呆了。我这是被当成了无理取闹的人,或者是对铜森抱有不切实际想法死缠烂打的恶性粉丝了啊。

她朝着要从办公室里走出来的同事小声说:"没关系的,不用惊动保安了。"看起来是要来真的。我开始害怕了。

我赶紧拿回信封,灰溜溜地撤了。

七

从办公楼里走出来,北风吹着后背,我突然听到有点熟悉的声音从后面喊我。

"美樱女士!"

周刊 REAL 的记者水户这一喊吓了我一大跳。她小跑着过来,距离越来越近,黑色风衣被吹得露出内衬,看得出这衣服是奢侈品牌。她怎么会出现在这里?

趁着我还在愣神,水户追上了我。

"那里是筑野 BAL 的总部吧?"

水户用夸张的动作指了指我刚才出来的大楼,圆圆的眼睛闪烁着追求真相的光芒,看起来倒有一丝天真无邪。

"是为了调查妃奈的事吧？"

"不，才不是。"

我不假思索地回答。

"哦，那您去那里干什么啊？"水户进一步逼问。

绝对不能搭理她。我闭紧嘴，想赶紧甩掉她。

"请不要总是逃避。"水户不依不饶。

"每次您都是躲躲藏藏的，就不能好好解释一下吗？您妹妹到底做没做那种事呢？您不说话，我可当您是默认了。"

面对她的连珠炮，我是一点办法都没有。为了早点逃离她的折磨，我甚至想干脆承认算了。我突然有些理解刚才筑野BAL那位员工的强硬态度了。在这次舆论风波中，记者们的穷追猛打实在是太令人讨厌了。难怪他们对陌生人的来访如此警惕，可我不是记者啊。

就在这时，我发现水户的影子突然变大了。

"小姐，你没事吧？"

听到这低沉的声音，我才发现水户后面站着一个染着棕色头发的男人。

"你那里好像有什么东西，不会是血吧？"

男人指着水户风衣的腰部说。那里的确有一大片污渍。风衣的布料是黑色的，分辨不出污渍的颜色，但经他这么一提醒，确实看着像在流血。

欸？！水户吃惊地转过头去看那片污渍，眼里藏不住内心的慌乱。

"哪里不舒服吗？流了这么多血，可不得了啊。要不要帮你叫救护车？"

"不用了。"

"是不是生病了啊？那是受伤了吗？我还是先报警吧。袭击你的人可能还没有走远。"

男人拿出手机作势要打电话。

看着他要来真的，水户赶紧阻止了他。

"不用了，并没有受伤。"

"你最好不要乱动，快蹲下。"

"不是你想的那样啦。"水户跟逼我的时候判若两人，一边摇头，一边无力地解释。意识到水户的注意力完全不在我身上，总算有机会逃离她，我打算蓄力跑掉。可还没转过身，就发现男人正盯着我，漫不经心地拿手机对着我，屏幕上写了一行字"站前的塔特店里见"。

我没时间多想，赶紧跑掉了。

我心里激烈斗争了大约三十分钟后，还是走进了站前的塔特。也是巧了，正是我和妃奈聚餐经常去的家庭餐厅的连锁店。

环视一周，那个男人好像还没有来。因为我没打算待很久，就没有点畅饮，只点了一杯冰茶，这样能便宜二十日元。我的身体很冷，原本是想喝一杯热咖啡的，但一直以来我在外面点饮品时都只点冷饮。因为冷饮会配吸管，把吸管从口罩下面塞进嘴里就能喝，这样就不用摘下口罩暴露自己的真容了。

冰茶端上来的时候，那个男人也出现了。他径直走到我对面坐下。

出于礼节，我先开了口。

"刚才真是多亏了您。"

"刚才那位是杂志社的记者吧？"他直截了当地问。

"是的，她是周刊 REAL 的人。"

"我刚想叫警察，她就跑了。"他耸了耸肩，轻笑着说。

我严肃地问道："那个血迹似的东西，是你弄的吧？"

水户向我奔来的时候，我看得很清楚，她那件黑色风衣的内衬是象牙白为底色的格纹，当时还是干干净净的。如果是从水户身上出的血，那风衣的内衬一定会血红一片。这样想来，污渍一定是从外部弄上去的。

作为随时待命进行突击采访的记者，又是注重打扮的女性，水户不可能放任自己的衣服有那么大一片污渍还到处乱跑。也就是说，她是在跟我打招呼的前后被人弄脏衣服的。在我的记忆里，当时她身后只有这个男人。为了看上去像是在流血，他故意把某种红色的染料弄到水户的外套上，还以发现者自居。

"谁知道呢。"面对我的揭发,他不置可否地来了这么一句,"不过,我确实是帮到了你吧?"

他说得没错,他自导自演的一场戏,确实解了我的围。但他为什么要这么做呢?

"你到底是谁?"

"我是经济系大四的学生渚丈太郎[1]。"

他点的咖啡到了,他摘下口罩,拿起咖啡杯,端到嘴边喝了一口。

我重新打量了他一番,这不是海野真凛的男朋友吗?!

妃奈的葬礼过后,我第一天上班的那个上午,他和真凛一起来过我们办公室,还和真凛一起嘲笑我来着。这是怎么回事?!我怎么和这样的人在校外喝上茶了呢?

喝了一口咖啡后,渚苦得嘴都歪了,赶紧加了不少糖和牛奶。

"你的自我介绍就算了,现在也算是名人了。"

说话的方式虽然不着调,但他摘下口罩的瞬间,那十分知性的面孔竟让我有一丝心动,瞧我这点儿出息。

"你出现在那里的原因,我也大概能猜到。你应该是去筑野

---

[1] 渚是姓,丈太郎是名。

BAL 的总部，要他们还自己妹妹清白的吧？然而，你立刻被赶了出来，随后还被周刊 REAL 的记者缠上了。"

都被他猜中了，比水户的推测还准。

"你是想还妹妹的清白吧？但无论是铜森方面还是刚才那个女记者，他们都不相信。"我点点头，渚的话让我感到孤独无助，他却接着说道，"我觉得你是对的。"

听到他的话，我开始怀疑自己的耳朵。迄今为止，谁也没有站在我的角度替我说过话。我还以为他跟当初在办公室里嘲笑我一样，是为了寻开心。谁知渚极为严肃地对我说：

"你妹妹小林妃奈不像是能干出杀人骗保那种事的坏女人，新闻里的内容肯定是错的。"

"你为什么会这么想呢？"

我不由自主地往前探了探身。

"直觉。"

他轻描淡写的回答让我觉得很没趣，还以为他掌握了什么重要的证据呢。

"我是偶然听人说起过你和小林妃奈的事。"

前不久，他女朋友告诉他，被炒得沸沸扬扬的杀人事件的被害者——小林妃奈的姐姐就在自己上的大学里工作。

"我问她具体是谁，她说就是之前在教务楼办公室里见到的女职员。"

他的女友就是真凛。上中学时，真凛还不知道我是因为父亲被杀害才转校过来的。小林这个姓太常见了，很难让人把它和新闻报道里的当事人联系到一起。但是这次，妃奈的嫌疑被弄得尽人皆知，她才会注意到我和妃奈的关系吧。

听了真凛的话，渚的脑海里联想到我的脸，直觉告诉他报道是错的，我妹妹是无辜的。

"非要说证据的话，就是你平时的态度。在大学里工作的你一直谨小慎微，连面对比自己小的学生都客客气气的。这么胆小的人的妹妹，怎么会有胆量杀人骗保呢？你们有相似的基因，在相同的环境中长大，姐妹之间不太会有截然不同的性格。"

虽然他这么说是在支持妹妹，我却感觉他更像是在贬低我。而且，这也算不上客观的证据。

"就凭这一点吗？"

"我说过，基本上靠直觉。而且，你也跟我想的差不多吧？虽然深信自己的妹妹是清白的，但什么证据都没有，还得躲着记者。"

"……"

"我们联手吧。"

渚放下咖啡杯认真地说。

"你想证明妹妹是清白的，我想证明自己的感觉是对的。虽然动机不同，但我们的目标是一致的，都想找到小林妃奈无罪的证据。我们一起把它找出来，怎么样？"他那双闪着金光的眼睛仿佛能看透我的一切，"看你那一脸委屈的样子，想必跟铜森面谈的事一定不怎么顺利吧？你缺乏与人打交道的经验，但我在这方面是专业的。我缺少的只不过是介入这件事的一个身份。所以，就算到了筑野BAL总部的门前，我也在为怎么能和铜森联系上发愁。就在这时候，我看到了从大楼里一出来就被记者缠上的你。我们俩正好能弥补对方的不足，联起手来调查，一定事半功倍。"

渚做着手势耐心地分析。对于孤立无援的我来说，确实是雪中送炭。但我还是没有松口，因为不知道对方到底有什么企图。

只是在大学的办公室里有一面之缘，为什么他会这么主动地帮我？而且，他说他跟人打交道是专业的是什么意思？

渚继续说道：

"采访的技巧之类的，我基本都学过。我说的专业也是指这一点。"

我感觉身体仿佛是被晒的柿子，眼见着萎缩成了柿子干。他果然和水户是一类人，看起来很亲切，不知不觉中却能套出自己想要的情报。他也是一名记者。

"胡思乱想什么呢？"仿佛看透了我的疑惑，渚用他那只大手在我眼前晃了晃，"我跟刚才的周刊 *REAL* 的记者不同，他们是为了钱到处乱咬的'狗仔'，我是有新闻理想、追求真理的记者。"

真佩服他，说大话一点也不脸红。

"我想证明自己的直觉是对的，也是为了实现理想的一种训练。通过直觉发现社会问题，然后找到真相证明自己的直觉是对的。不断重复这样的训练，为的是培养作为记者的专业能力。"

"可是，你会把找到的真相公之于众吧？"

记者的工作不就是搜集信息和传达信息吗？可不知为何，周围和新闻相关的工作者都陶醉于一种错觉，认为自己是告诉民众事实真相的英雄。

"正确的信息也得正确地传递。所以，如果你有自己信赖的新闻机构，就只提供给他们，怎么样？这样，你妹妹的嫌疑也能解除了。"

"这样一来，你不是什么好处都没有了？"

"我都说了，这就是一种锻炼，我找小林妃奈的情报可不是为了赚钱。大学毕业后，我会成为一名自由记者。为了让自己保持独立，我已经攒了足够多的钱。"

我该不该相信他呢？我凝视着这个前些天还嘲笑我长相的男人。他真的只是为了查出真相才跟我合作的吗？不过，就算被骗了，我的境遇还能比现在差到哪里去？我突然握紧了放在大腿上的拳头。

"那，就拜托你了。"

"一言为定。"渚一口气喝光了剩下的咖啡，立即切入正题，"铜森那边的保镖不太好对付啊。"

我把刚才在筑野BAL里的遭遇简单地跟他说了一下。

"连个口信都不给传，这反应有点过了啊。你说过自己是小林妃奈的姐姐吧？"

"是的，一开始就说了。"

虽说跟他合作不是上下级关系，我却依然用着敬语。

"从视频里看，铜森表现得很冷静，实际上有可能非常恨你妹妹。"

渚嘀咕着，气氛有些凝重。铜森作为前男友，却仍然在误会着妃奈。

"怎么才能跟他搭上话呢？"

"不，我们不如暂时放弃跟他接触。他本人带着那么深的恨意，就算跟他见了面，话不投机也没有意义。我们不如去别人那里问问。"

"去问其他人？"

"是啊，我们从铜森周围的人开始询问。小林妃奈和铜森是在筑野的时候认识的吧？也就是铜森的公司迁到贝东之前，他们两人相恋的样子，当地的朋友、熟人应该看到过吧？尤其是对于这些见闻特别热衷的乡下人。他们的话应该能让我们推测出当时两人交往的真实情况。铜森暂且不说，你认识小林妃奈在当地的熟人吗？比如，在筑野的同学之类的？"

"不认识。"

"没事，由我来查一下吧。"

渚一步一步地交代着要调查的细节。

"杂志报道里出现的 A 的事，我们也一起调查吧。他那里的疑团比较大，你妹妹杀人骗保的嫌疑跟他直接相关。虽然 A 本人已经死了，但只要找到一个 A 的熟人，没准就能发现一些线索。A 是谁，你妹妹告诉过你吗？"

"没有。"

"她身边的有可能是 A 的男性友人，你印象中有没有？或者说，除了 A 和铜森，你还认不认识妹妹其他交往过的男人呢？"

"没有。"渚一个个问题投来，我回答的声音越来越小，惭愧地低下了头，"我什么都不了解，对不起。"

刘海儿遮住了我的视线。我非常羞愧，那可是自己的妹妹啊，我明明深信她是清白的，却对她的事一点也不了解。别说她前男友了，我连她朋友们的名字都不知道。就算我想调查，妃奈的遗物中也没有手机啊。连警察都还没有找到，我上哪儿去查啊？

"这又不是你的错。"渚平静地说，"调查对象的事，你就不用操心了。我本来也没期待你在这方面能帮上什么忙。"

他说自己会去找铜森和 A 的熟人朋友的联系方式，等准备好了再和我联系。

"现阶段，你什么也做不了，就好好休息吧。"

他这种公事公办的语气让我放松了下来，终于能抬起头了。

交换了联系方式，为保险起见，渚还想知道刚才碰到的周刊 *REAL* 记者的名字。我把水户的名片递给他。他用手机拍了照片后，站了起来。

"再见。"

"等等。"

我叫住了刚要走出店门的渚，从在这里与他见面开始，我心里一直介意着一件事。

"怎么了？"

"这里的事，海野知道吗？"

光是说出海野的名字，我的心里就充满了罪恶感。

"这里的事是指什么？"渚平静地问。

"就是，我们一起行动的事。"

我和渚不太可能成为朋友，只是因为有共同的目标暂时合作而已。可不管怎么说，他也是有女朋友的人，我心里本就有些抵触跟他单独见面，更何况他的女朋友还是我认识的人。

听了我的话，渚皱着眉头说：

"这跟她有什么关系啊？"

我害羞得有些喘不过气来，责怪自己自作多情，人家可能根本就没把我当作异性看待。

"说的也是啊。"

我拿过冰凉的玻璃杯,虽然不渴,却装作要喝的样子,生怕他注意到我那羞红的脸。我的牙齿那么不整齐,偏偏自己还会在意恋爱方面的事,这不是自讨苦吃吗?

上一次思考恋爱方面的事,不知道要追溯到多久之前了。

★

在我脑海中最清晰的异性形象,无疑是我深爱着的爸爸。正因为他的存在,那段日子才成了我人生中最幸福的时光。

就连对初恋的记忆也远远不及。

我是什么时候开始注意连这个男生的呢?

有一天放学回家,发现一个男生站在我们家的木头房子前,盯着炙烤那见的招牌看。那是我第一次见到他,从那以后,通常是傍晚,店里马上要提供晚餐的那段时间,我总能看到他的身影。一周大概有个两三次。他像是从哪里回来,随手把自行车停靠在国道边上。他没有在木头房子的正面停留,而总是盯着后面看,也就是店里的厨房或者靠山的老旧鸡舍。

因为他离我们家不是很近,再加上他总是站在国道的下坡,家里的其他人都没有注意到他。而我从二楼儿童房的窗户那里却看得一清二楚，因为写字台正对着窗户，我写作业的时候偶尔会抬头看看窗外歇歇眼睛。

在春天和煦的夕阳照耀下，国道和大海金光灿灿，路边伫立着一道修长的人影。我的眼神很好，就连他那长长的睫毛和挺拔的鼻子都看得清清楚楚。

这个人是谁呢？因为家里开餐馆，最近又小有名气，在我们家的木头房子周围有陌生人聚集也是常有的事。他们中有些人上下班经过的时候会向店里望一眼，心想等有空了过来撮一顿。他们这种心理我也明白。但如果作为店里的客人，他年龄又太小了。比起十岁的我是大了不少，但也不超过五岁吧。虽然他没有穿校服，但从自行车车筐里那巨大的书包来看，可能是同一个学区的中学生吧。我们私底下叫"那见中"的那所中学是没有校服的。他可能是放学的路上正好骑车路过这个坡道吧。他这个年龄一般不太可能单独来店里吃饭，那他在我们家附近逗留是为什么呢？

我越来越好奇。然后，当他再次出现的时候，我就从二楼的儿童房里跑下楼，径直朝他走去。他看到我的时候，眼里充满了惊讶。

"你是店里的客人吗？"我问。第一句跟他说什么，我从好几天前就开始考虑了。

"不，不是的。"

"你盯着店里看了很久，不想进去尝尝吗？我们家的料理可是很好吃的哟。"

炙烤那见的单品价格在两千日元左右。他的零花钱如果不够的话，我倒是不介意把他偷偷带进厨房，只要是我开口求爸爸，应该就能请他免费吃一顿吧。就算招牌菜柠檬炒鸡不行，用冰箱里那些半成品做一个日式汉堡应该问题不大。

"我不是嘴馋想吃饭。"他仿佛因为惊慌而脸红了起来，却用成熟的口吻低声说，"总是从这里经过，觉得这里不错。"

"从那见中过来的吗？"

"不，不是的。"他摇了摇头，"这是我上补习班的路。"

他总是从那见市的中心街方向过来，翻过这个坡顶就是隔壁町了，那里可能会有很好的升学补习班吧。

"我们家有什么吸引了你呢？"

"那个……"

看着他那欲言又止的样子，我突然想到。

"你不会是想成为大厨吧？"

思考片刻之后，他像是下定了决心，点了点头。

我终于搞清楚了。他在补习班准备升学考试之余，还为了将来的事业来网红店考察。这样一想，他那交叉着双臂抱着胸的动作更显得成熟了。相比之下，班里那些学着搞笑艺人装傻卖呆的男生就太幼稚了。

"原来如此，那，你要不要进厨房看看？我爸爸是这里的大厨哟。我介绍你们认识吧。"

"那怎么行啊？"他受宠若惊似的使劲摆手，"我在这里看看就行，这就已经足够我学的了。"

"真的吗？"

"真……真的。"他的耳根都红了，还是个爱害羞的家伙，"做厨师的人自己开店是非常需要经营能力的。饭店的装修以及客流这些东西，内行人光是看就能学走很多东西。所以，希望你不要跟你爸爸提我的事。"

虽然是我主动提出来的，但他拒绝了，我却松了一口气。我不知道为什么，不想让家里人知道他的存在。

"好吧，我答应你。"

我小声说。提到"答应"这个词的时候，不知为何心里一颤。

从那以后，我便每天都盼望着放学后做作业的时间早点到来。

从儿童房的窗户一看到莲的身影，我就找借口跑出来。然后装成不经意碰到的样子，和莲聊几句。

但如果每次都这么干，又显得不自然。聪明的我又想到了办法，放学后，我就开始擦炙烤那见的招牌，或者在门前那空了很久的花坛里种上花，做一些修整餐馆外观的事。爸爸对此很开心,尽管最近我不怎么进厨房帮忙,总是一回家就上楼写作业让他有些失落。我在餐馆门口忙活到太阳都要下山了也不肯回去。厨房里的父亲向我挥挥手,我虽然也使劲冲他挥手,心里却想着另一个人。

放学后跟朋友玩耍的时候也是这样。除非下雨,我每天都想站到餐馆门口等莲出现。但是,为了在学校里不显得另类,我还是需要跟朋友保持最低限度的交往。放学后,在教室或者朋友家里玩的时候,我脑子里却在想,莲现在是不是正在我家附近呢?一想到这些,我就恨不得立刻飞奔回家里。

我一直在等着莲。

左等右等,他终于出现了,跟我想象中的莲一模一样。

他骑着自行车顺风而来,衬衫被风吹得鼓鼓的。他比我们班那些幼稚的男生大不了几岁,那成熟稳重的样子让人很难相信他才上初二。

他想听爸爸和餐馆的事,这本就是我引以为傲的话题,又能让我和莲在一起待很久,我就说了很多。像是爸爸如何经营炙烤那见的呀,招牌菜的人气和味道呀,爸爸精湛的厨艺和食材的考究之类的,都是夸爸爸作为厨师如何优秀的。为了不让他觉得我是自吹自擂,我还说了爸爸作为一个普通人的各种缺点。莲听了忍不住笑出了声,他那成熟的脸上一笑起来就露出小酒窝,显得那么可爱。

我们聊天的时间并不长，莲要赶在太阳下山天黑下来之前回去。虽然不舍，但目送他骑自行车远去对我来说，也是与他共度美好时光中的一环。夕阳在沉到海平线下之前，海面泛起的波光让人难以直视。仅仅是望着莲远去的背影，我都觉得很开心。

我虽然确信莲是因为想成为大厨的理想才来我家这边的，因为我是大厨的女儿，他的问题也多是以餐馆里的事为主，但是一般人会跟讨厌的人聊天吗，而且还定期从远处骑着自行车过来？

莲会不会也喜欢我呢？

我是小学生，谈恋爱对我来说太早了，但相互喜欢的可能性还是有的吧。他也喜欢我吗？他也喜欢我吧！我越想越激动。

那段记忆中每一天都是闪闪发光的。

黄金周过后的那个早上，我们全家都睡了个懒觉。

小长假期间，炙烤那见忙疯了。每天从临近中午到傍晚的这段时间里，等号的客人就没断过。别说爸爸妈妈了，连我们姐妹俩都要帮着点菜、上菜、洗盘子。小长假结束的时候，我们四个人都跟泄了气的皮球一样提不起精神，然后这一觉都睡过头了。

我是最先醒的，一看挂钟，发现已经八点了。餐馆因为小长假结束歇业半天，但小学还是正常上课，这样下去肯定会迟到的。

来不及叫醒家里人，我从床上蹦下来，匆忙套上衣服，抓起书包打开门就往外跑。侧脸看一眼沐浴着朝阳却还有些朦胧的大海，沿着下坡路狂奔。

来到主干道的时候，我决定走个近道，稍微偏离了平时上学的路。我进了一条小路，再走那见中学前面的那条路，就能更早一些到学校。

但是，学校禁止我们走这条近道，因为那见中学附近有很多骑自行车的中学生，人也多，对小学生来说不太安全，也曾发生过各种交通事故。

我之前一直听话没有走，但是今天早上不一样，我毫不犹豫地选择了这条路。

沿着狭窄的小路往前走，快到那见中学的时候，路上的中学生开始多了起来。因为没有校服，他们都穿着便服，明显跟我这种小学生不一样，一个个都身材修长，是大哥哥、大姐姐。他们都轻车熟路地朝学校的方向走着。

骑车上学的学生到了校门口也按照规定下车推着走。

我突然停下了脚步，眼睛往那见中学的校门方向看去。

那不是莲吗？！

他正推着自行车往校门口走，身上那件蓝色的衬衫我看见过很多次。

我惊呆了。为什么？他为什么要对我撒谎？他不是跟我说上的是私塾吗？但很明显，他现在上的是那见中学啊。

而且，他旁边有一个女生也推着自行车和他并排走，两个人还有说有笑的。

莲说一句，她就轻轻地点头，又直又亮的长发随之摇曳。

我的心脏仿佛被捏碎了。

那个女生，她是谁？

可能跟莲同龄，也大不了我几岁，却看起来像是成熟的女人。白皙的皮肤，高耸的鼻梁，那侧脸怎么那么好看！乌黑的大眼睛含情脉脉地望着莲，仿佛要将他融化。而莲的眼神也因此变得非常温暖，是我从来没见过的那种。

我无法相信自己看到的，用力地眨了眨眼。当我再次睁开眼睛的时候，眼前的光景没有任何变化，不是幻觉。

到头来，我还是迟到了。

老师上课讲的内容，我完全没听进去。我不敢放学后和朋友多聊，就自己一个人走了，慢吞吞地沿着上坡路回家。

我满脑子都是早上看到的那两个人的身影，心中的疑问挥之不去。

他为什么对我说不是那见中学的学生？那个女生是谁？难道是他正在交往的女朋友？

一旦开始怀疑一个人，不好的想象就怎么也停不下来。

不过话说回来，莲是不是从来也没有把我当成异性看待？从一开始，他就只把我当成住在炙烤那见这家餐馆二楼的小孩子。

我主动找他说话，作为年长的人出于礼貌才搭理我的吧。他有喜欢的异性。这么说来，他跟我说话的时候，眼睛会时不时地看向别处，他也不怎么提自己的事，这些还不足以说明问题吗？

三角形的屋顶从坡顶露了出来，我们家的木头房子如今看起来特别老旧，厚厚的墙壁也颜色污浊。以前每天都有的柠檬炒鸡的味道并没有飘出来，取而代之的是另一种酸味。与刚榨出来的柠檬汁不同，是那种浓重到有些呛鼻子的酸味。

我回到家没跟谁打招呼，直接上二楼的儿童房躲了起来。直到天彻底黑了下来，妈妈喊我吃晚饭，我才下楼来到客厅。

彻底休整了一天后，爸爸妈妈显得神清气爽，看来是从小长假期间的疲劳中解脱了出来。爸爸从厨房里端来做好的饭菜。

"我试着做了炖猪肉，尝尝味道怎么样？"

连休息日都不忘试做新菜，他可能是想研制出新的招牌菜吧。爸爸用大碗盛满炖猪肉，第一个递给了我。

我机械地把勺子往嘴里送，但因为脑子里都是莲的事，根本尝不出味道。莲到底是怎么看待我的呢？我思来想去，脑子里乱糟糟的，只尝了几口就吃不下了。

父亲哪里知道我的心事。

"怎么样，好吃吗？"他凑过身来满怀期待地追问。我只好仔细分辨一下舌头上残留的味道。

真是一点也不好吃。

猪肉虽然被煮了很久，但还是很柴，感觉像是用力拧过的抹布，还有已经煮化了的土豆一点嚼劲也没有。最让人受不了的是番茄酱那讨厌的酸味残留在嘴里经久不散。

都这么难吃了，爸爸还一个劲儿地问：

"好吃吗？好吃吗？"

我实在烦透了。

"啊，好吃，好吃，好吃！"

我把勺子用力地往桌子上一放，"咣当"一声，汤被震洒了出来，连带着猪肉也掉出来一块，在桌子上打起了滚。

突然感觉耳朵根被什么东西撞了一下。

一时之间，我不知道发生了什么。过了一会儿，左脸传来火辣辣的感觉，我赶紧用手摸了摸。爸爸爹了毛似的大吼：

"食物是能这么糟蹋的吗？"

爸爸满脸通红，那双大手抑制不住地颤抖。

原来是爸爸打了我一耳光。

而且，还这样凶巴巴地瞪我，那目光瘆人。我哆哆嗦嗦地站起来，仿佛在蹦蹦床上行走一样根本站不稳。

"浑蛋。"我脑子也不知道搭错了哪根筋，根本没想着说的话竟然脱口而出，"浑蛋！"

我一边喊着，一边转过身去，向着廊道跑去。没理会妈妈喊我的声音，飞也似的从家里逃了出去。大海已经漆黑一片，我沿着海边的坡道一口气跑到底。呼吸急促，脚步紊乱，突然感觉眼前一黑，膝盖传来钝痛，我摔了一跤。

"呜呜……"

从凹凸不平的沥青路上起身，我的眼泪一下子流了出来。不是因为摔疼了，而是因为被爸爸打了耳光。

这种打击，现在才从身体里爆发出来。

这么多年，爸爸从来没有动手打过我。作为他的宝贝女儿，我不管多任性，他都会包容，还想各种办法哄我开心。当我和妈妈吵嘴的时候，他也总是向着我说话。他那么疼我，怎么会打我？

悲伤的情绪一旦决堤，就再也收不住了。我咬着嘴唇不出声，眼泪却怎么也停不下来。

我努力控制着不哭出声来，身边突然传来"嗒"的一声。

"这么晚了，你怎么在这里？"

这声音有点耳熟，我抬起头望去，黑暗中有一个跨着自行车的身影在眼前。我揉揉眼睛，仔细看了一会儿才看清楚那张脸。

"莲？"

他对着我点点头。在微弱的月光下，能看出他穿着蓝色衬衫，正是今天早上在那见中学撞见他时所穿的。想到今天早上的事，虽然已经折磨了我一整天，却仿佛是很久之前发生的。

"怎么了？发生了什么事？"他还是那么稳重的口吻，一边问，一边从自行车上下来，对着我弯下腰，"跟我说说吧。"

看得出此刻他很担心我，眼里也只有我。

我却摇了摇头。

"没什么啦。"

"看起来可不像啊。"

"都说了没什么。"

我用手腕胡乱地擦了擦眼睛。说来也奇怪，我现在觉得莲的事怎么都无所谓了。不是喜欢不喜欢的问题，一整天脑子里那么思来想去的莲，现在却不在我的考虑范围内了，爸爸扇我耳光这件事已经占满了大脑的内存空间。原本那么疼我的人啊，怎么会动手打我呢？

"喂——"

我抿着嘴擦眼泪的样子让莲不知所措。我从他身侧走过，沿着来时的路往家走。后面传来莲那刻意压低音量的呼喊声，我头也没回，沿着跑下来的坡道漠然地走。渐渐地，莲的呼喊声听不见了。从家里跑出来又能怎么样呢？我这样的小孩子注定无处可去，只能回家。

上坡的路好漫长啊。当时只顾得发泄情绪，没意识到跑了这么远。等到三角屋顶从坡道另一侧出现时，已经过了好长时间。

终于看到整个房子了，漆黑的餐馆门口有个人影，我的心终于放下了。

是爸爸。

那健硕的身躯像小仓鼠一样走来走去,东瞅瞅、西望望,在找我呢。

被擦伤之痛折磨得无力的双腿,当即恢复了活力,我向着爸爸奔去。

"爸爸——"

这么一喊,我才意识到,虽然我离家出走没多久,却已经忍不住想回到爸爸身边了。

爸爸看到我之后,张开双臂向我跑来,我像小鸟一样扑进他的怀里。爸爸抚着我的后背说道:"都怪爸爸。"

不,我使劲摇摇头,眼泪又"啪嗒啪嗒"地落了下来。与此同时,心里那疙疙瘩瘩的东西也土崩瓦解了。

"是我不好。"

我的脸贴着爸爸的围裙,这里才是我的归宿啊。闻着上面那熟悉的柠檬味,就连嗓子都不疼了。

对于十岁的我来说,爸爸就是这个世界的中心,是温暖而安全的。

八

下班后,我拿起手机看,渚发来了消息,说已经做好了调查所需的准备工作。

我是前天才决定和他合作还妃奈清白的,他可真够利索的。消息里说,他想尽可能在今天碰个面。我也是这么想的,就回了一句"晚上九点之后的话可以"。马上就收到了回复。于是,我们就定了十点在大学前站的餐厅见。

从教务楼出来之后,我绕到后面,往实验林的方向走去。

在黑漆漆的树林中间,能看到用金属搭建的房子那锈迹斑斑的屋顶。看起来跟个仓库似的,非常简陋,但因为以前是农业系的实验室,所以还通着水电等。入口处张贴着一张海报,像是小孩子的字迹,写着"那之后俱乐部"。

我紧张地来到那看起来不太好使的推拉门前。今晚是我第一次兼职做志愿者,能不能看好孩子,我是一点信心都没有。我也不知道自己喜不喜欢孩子,而且没有与孩子相处的经历。本来我这个人就不擅长跟人打交道,但这份副业机会难得,调查妃奈的事要花钱不说,以后家里要添置点什么也需要钱。渚不求回报地参与行动,于情于理,交通费应该让我这个上班的人来出吧。

还没等我伸手拉门。

"你回来啦!"

门"嘎啦嘎啦"地从后面被拉开了。一股调料的香味扑面而来。

"哦,是小林女士啊。"

桐宫系着围裙站在门后。

"从今天开始，就拜托你啦，快上来吧。"

玄关处只有桐宫的运动鞋，孩子们好像还没到。我把自己的平底鞋靠着运动鞋整齐地摆好。

我被带到离玄关最近的一个小房间，看起来像是志愿者专属的休息室。我们在那里相对而立，我正式地跟桐宫寒暄：

"请多关照。"

"请你多多关照才是。请先把贵重物品存一下吧。那之后俱乐部规定，工作期间手机和钱包要存在这里。"

桐宫指了指休息室最里面那个很有年代感的保险柜，可能是为了防止盗窃用的吧。

"和小学不一样，大学校园谁都可以进来。而且，不管是大人还是小孩，在相处时都希望对方能全身心地投入，要是拿着手机的话就不太好了。"

贵重物品存好之后，我问了一下工作的流程。

"现在有我和小林，一会儿还会来个学生。我们负责照顾五个孩子，有一个是第一次来，希望小林你多给她一些关注，主动找她做游戏什么的。晚饭七点开始……哎呀，不用做笔记。"

看我从书包里拿出圆珠笔，桐宫笑着对我说。

"如果有什么不清楚的地方，随时问我就行，不用紧张。"

"是。"

我意识到自己的回答还是那么生硬,好担心会在孩子们面前露怯啊。

就在这时,推拉门的关门声响起。

"好像有孩子来了,我们去迎接一下吧。"桐宫把保险柜的钥匙往自己兜里一放,"在这里,我们之间打招呼一直是'你回来啦',小林你见到孩子的时候也这么跟他们说吧。"

"明白。"

我和桐宫来到玄关。

"我回来了……啊——"

在玄关处摆放鞋子的男孩见到我之后,眼睛瞪得圆圆的,看样子是在读小学的高年级。

"姐姐,你是第一次来吧?"

"啊……是啊。"

"你叫什么名字啊?"

"我姓小林。"

"后面的名字呢?"

"美樱。"

"原来是美樱姐姐啊,你是大学生吗?"

"不是的,我在这所大学的教务处工作。"

"哦,你在这里工作了呀。我是浩浩,上六年级,多关照哟。"

男孩冲我微微笑,我不禁想,孩子都是这么纯真无邪吗?

"浩浩，美樱姐第一次来，你带她四处转转吧。"

"包在我身上。"

浩浩把双肩背包放下，用大人的语气回答。

"证平哥在准备晚饭，忙不过来吧？"

这里不管是大人还是小孩，都不用姓，而是直呼其名。

浩浩立即带我四处转了起来。

紧挨着休息室的是一个大房间，看上去这里就是那之后俱乐部的孩子们主要的活动场所了。架子上摆了一些积木和毛绒玩具，能做一些简单的游戏。靠窗的位置是长条书桌和书架，可以用来写作业和读书。家具的整体色泽暗淡，估计是捐赠品。

转完了大房间，又来到另一间。

"这里是厨房和食堂。"浩浩告诉我，"晚饭就在食堂的这张大桌子上吃，大家一起吃的哟。"

食堂的火炉上架着一口大锅，从锅里飘出来的味道就已经能猜出晚饭吃什么了。

"想不想偷偷尝一口？"

浩浩压低声音说。

"不用了吧……"

正愁着怎么应付浩浩的鬼点子，门口传来了桐宫的声音。

"你回来啦！"

"好像有其他孩子来了。"

我终于找到了借口，提醒浩浩跟我一起去迎接他们。

玄关处是其余四个孩子，在其他人都大大方方地一边脱鞋一边聊天的时候，最小的那个女孩显得很不安，第一次来的孩子看起来应该就是她了。桐宫蹲下来跟她说话，指着她手里攥着的手机，估计在解释为什么要她把手机存起来吧。小女孩乖乖地把手机递给桐宫，看起来更紧张了。看她那飘忽的小眼神，心里一定非常紧张吧。

桐宫把小女孩介绍给我和孩子们，说叫柚子。按照桐宫事前交代的，我应该主动跟她打招呼。理论上什么都懂，但面对像小刺猬一样紧张的小姑娘，我的身体却畏缩不前。按理说，我也是第一次来这里啊。柚子之外的三个孩子，我也是第一次见到。那几个孩子因为我这个陌生的面孔在，显得有些紧张。

就在这时——

"柚子，跟我一起玩儿吧？"

浩浩那清脆的声音从我身后传来，他非常自然地和柚子搭上了话。

"那边的房间里有很多玩具，积木啊，扑克牌啊。柚子，你喜欢什么游戏啊？"

他把耳朵凑到柚子嘴边，柚子小声嘀咕了一句什么。

"喜欢折纸啊。好嘞，那边有好多可以用，跟我来吧。"

浩浩拉着柚子的小手往大房间走去。我的袖子也被拉着。

"这个大姐姐是美樱姐，今后也在这里陪着我们。"浩浩把我介绍给周围的孩子。这一串动作把我给惊呆了，到底是谁在照顾谁啊？

看着一脸窘态的我，桐宫微笑着对我说：

"我得去准备晚饭了，这里就交给你啦。"

说完，他就匆匆忙忙地离开了。

我和孩子们进了大房间。浩浩从书架上取来各种颜色的折纸，摊在书桌上。孩子们纷纷落座，拿起折纸折了起来。这么简单的游戏，现在的孩子还能满足吗？谁知孩子们一旦开始，个个都非常认真。可能是为了照顾新来的柚子，也可能是大家都没有拿着手机的缘故吧。

看着柚子还站在那里没动手，浩浩说：

"挑你喜欢的颜色，随便玩儿吧。"

柚子终于也坐了下来，挑了一张红色的纸，窸窸窣窣地折了起来，貌似是要折一个纸鹤。我在她身边坐下来，好在孩子们选的这个折纸游戏我也会玩。如果是运动类的游戏，我就傻眼了，尤其是球类运动，我在场上是一点用都没有。而且，折纸这种游戏也不用一边玩一边聊天，省心又省力。

一个微弱的声音传来：

"那，是熊猫吗？！"

柚子转过身来瞄着我手上的折纸。

"是啊,还没做好你就看出来了,真厉害。"

"我以前尝试着折了几次。"和我的目光交会之后,柚子立即低下了头,但还是小声地回答了我,"不过太难了,没有一次成功的。"

"那,我们一起做吧。"

柚子还在低着的头轻轻点了点。

"我也要折熊猫。"

听到我们聊天的内容后,坐在对面的小姑娘也要跟我们一起。

"熊猫可难了,手不灵巧的人根本折不出来。美樱姐,教教我。"

谁能想到在兼职的地方能有这么温暖的一幕呢?

孩子们比大人更容易自然地跟我说话,凑到我的身边,跟我一起折着各种颜色的折纸。虽然隔着口罩,也能感受到彼此脸上的笑容。

我们马上就要折好熊猫了。

"晚上好!"

房间里传来女人的声音,应该是桐宫说的那个稍晚些时候会来的大学生吧。我抬起头一看,险些叫出声来。房间入口处站着的女生也在盯着我看,我的情绪逐渐崩溃。

孩子们没注意到我的情绪变化,纷纷站起身来。

"真凛姐——"他们喊着向她冲过去。

我在厨房洗着餐具,身后传来脚步声。

浩浩跑到洗碗池边,歪着小脑袋问:

"晚饭,真的不来吃一口吗?"

他身后的餐厅里,传来了大人和小孩围坐一桌有说有笑的声音。

为了不让他们听到,我压低声音对浩浩说:

"我一点也不饿,不用吃了。"

在那之后俱乐部里,大家都是在一个餐桌上吃饭的。最开始,桐宫跟我说的时候,我就拒绝了。但是坐在一桌上看着大家吃,也显得很奇怪,我就一个人跑到厨房里洗起锅碗瓢盆。浩浩看到了就过来问了问。

"今天的黄油鸡肉咖喱特别好吃。"

"其实呢,我啊,不能吃鸡肉。"

这不是骗人,我甚至连黄油也不能吃。

听了我的解释,浩浩仿佛接受了这样的说法,就回到餐厅去了。我继续洗洗涮涮。

我坚持不在这里吃饭的理由不是出于喜不喜欢,而是因为吃饭的时候要摘下口罩,我不想让大家看到我那不整齐的牙齿。当然,我没有直接跟桐宫这么说。

"我做了很多,还想着小林你能多吃点呢,真是遗憾啊。"桐宫一直觉得过意不去，"一起吃饭的话，跟孩子们也能加深感情。"

面对桐宫不达目的不罢休的劝说，我只是回答了一句"不了"。好不容易才跟孩子们处好的关系，我可不希望我一摘口罩把他们吓到。那样一来，所有的努力岂不都白费了？更别说还有一个知道我真实长相的人在场。

我用余光扫了一眼食堂，那张大桌子上，桐宫和孩子们，还有海野真凛正在热热闹闹地吃着饭。

"真凛姐，你说的是真的吗？"

"不过话说回来，之前你帮证平哥做饭的时候，可是把土豆都炒煳了。"

"那是为了突出土豆的香味刻意弄焦的。"

"骗谁啊，那天的土豆炖肉可苦了。"

"那是因为……"

真凛手里拿着盛咖喱的勺子，露出一排整齐的牙齿讪讪一笑。

没想到她会在这里做志愿者。

桐宫说，真凛是一个月前开始做志愿者的。模样可爱、能说会道的她非常受孩子们欢迎，她只是跟大家打了一声招呼，整个房间的氛围就莫名地活跃起来。孩子们开始跟着她一起做各种游戏，房间里瞬间就热闹起来。大家还没折好的熊猫则只能安静地躺在桌子上。就连小柚子看起来都完全放下了戒备，吃饭的过程中一直黏着真凛。

"哇，柚子好厉害，胡萝卜都能吃！"

"这么大块，我一口就能吃掉！"

"我不信，你吃一个我看看。"

真凛对着柚子重重地点头，眼神不经意地向我这边看了过来。我赶紧拿起满是洗洁剂泡沫的锅盖，挡住了她的视线。

太尴尬了。

桐宫介绍我俩认识的时候，我们都装作是第一次见面，在场的人就算是桐宫也看不出我俩是老相识吧。

真凛当然没敢在孩子们面前继续取笑我，而是在微笑着寒暄后，就基本上把我当空气，一直到晚饭时间都只跟我说过一句话。

"空调的温度，能帮着调低一点吗？"当时，她被低年级的孩子们围着，腾不出手来。

这是把我当手下使唤了啊！每次和真凛的目光对上，我都会想起那些悲惨的经历，想到自己那不管涂多厚的化妆品都无法掩饰的脸。

这样下去可不是办法啊，我一边洗着锅碗瓢盆，一边想。我和真凛在这里可不是同学关系，而是那之后俱乐部的工作人员，最优先考虑的应该是怎么照顾好孩子们。特别是我，名义上是志愿者，但还拿着报酬呢，更不应该在工作中夹带私人感情。为了不让孩子们觉得奇怪，我应该主动找她说话，保持最基本的交流。

厨房收拾好后，我下定决心走进食堂。大大小小的脑袋围着桌子，一边热热闹闹地聊天，一边把盛得满满的咖喱的勺子往嘴里送。嗯，我得自然而然地融入他们。无论是桐宫还是小孩子们抑或是真凛，我要主动跟他们搭话。真凛的旁边空着，我正要坐下的时候。

"疼——"

真凛轻声说道，我立即停住。

"怎么啦？怎么啦？"孩子们你一言、我一语地问。

"咬到舌头了吗？"

"不是，咬到什么硬硬的东西了。"

真凛伸出渗着点血的舌头，上面有一块陶器碎片似的东西。

"是混在咖喱里的吗？"桐宫站了起来，"真是对不起，我做饭的时候明明注意了啊。"

我也跟着桐宫凑近真凛问：

"要不要紧啊？"

真凛只看着桐宫，用手指把陶器碎片从舌头上拿下来，摇了摇头。

"不用太在意，没什么大不了的。"

仿佛我根本就不存在似的。

九

不能再这样了。

我一边关着大房间的灯,一边告诫自己。

晚饭结束后,家长们陆陆续续地来接孩子们了。热闹的大房间里渐渐安静下来,我们几个工作人员开始看着剩下的孩子写作业。最后一个孩子的家长九点之前也来接了。我们匆匆收拾完杂乱的房间,那之后俱乐部今天的工作就算完成了。

收拾完大房间,我向楼道走去。

这时,桐宫的声音从厨房里传来:

"辛苦啦。"

与此同时,真凛也关好食堂的灯走了出来,三个人一起向休息室走去。我走在最后,能看到真凛那棕色的马尾辫。

到头来,她还是对我不理不睬的。好在留在最后的是桐宫,让我和她不至于四目相对。

既然做了有偿的志愿者,遇到难相处的同事也只能忍着。而且,我没什么不对的地方,自始至终都是她在嘲笑我、伤害我。

不过,我觉得今天晚上就这么默默地跟真凛分别还是不太好。现在,我和她之间的联系可不只是那之后俱乐部的同事。

为什么这么说呢?因为我和她的男朋友渚保持着联系,马上还要约着见面了，目的是证明妃奈的清白。虽然这没有什么见不得人的，但在真凛本人面前什么都不说，感觉还是有点过意不去。从前天渚的口吻来看，他没有跟自己的女友谈起我的事。

最起码我应该告诉她为什么和渚合作，不过桐宫也在，我们没有机会私下聊。

正这么想着，机会就来了。

进入休息室后，桐宫拿钥匙开了保险柜，对我们说：

"关窗户这种事我来做就行，你们先走吧。"

我们取了各自的私人物品，准备回家，我和真凛前后走出玄关。真凛在前面把推拉门打开，四周已经漆黑一片。

要跟她搭话就得趁现在了。

"我说……"

回应我的只有她那高跟鞋清脆的敲击地面的声音，真凛的背影越来越远。

"海野，等一下。"我一边穿着平底鞋，一边喊她。

但是她跑得更快了，转眼间，那尖尖的鞋跟敲击声就消失在实验林中。

这是有什么急事吗？不应该啊，今晚那之后俱乐部算是下班早的了，要是接下来有什么安排，时间上也有富余啊。她这是在刻意回避我？我想不到其他原因。我只不过是想告诉她，我不想和她男朋友扯上关系而已。

她这举动让我不知所措，我呆呆地看着黑暗中沙沙作响的树林。

我越想越气。

真凛这是什么态度啊？我又没有对她做什么。亏我还想告诉她和她男朋友合作的事，我这不是自作多情吗？

我对今晚和渚见面的事也很抵触。

接下来要见的人是那个心肠歹毒的真凛的男朋友。两个人性格相投才会交往，这么一想，渚也好不到哪里去。我本来就对他印象不怎么样，虽然说要帮我调查真相，但动机一听就是胡编的。他赶走水户的方法也很卑劣。跟他合作的事要不然还是算了吧，这样一来，也不用去见面的地方了。

就这么定了，直接回家。

我在漆黑的实验林里朝大学校门的方向走。

"小林……"

身后这一声吓得我差点跳起来，我回头一看，黑暗中浮现出一个白色的口罩。

"你是……渚吗？"

没想到我正念叨着的男人竟然出现在眼前，正微微颔首看着我。

我刚想着爽约，他就出现了。我不知道说什么好，渚为什么会出现在这里呢？我们明明约好了在大学前站的家庭餐馆见面的，从这里到那家餐馆是缓上坡，要走二十分钟呢。

想到这里，我就明白了，渚是来接女朋友下班的吧。

"海野刚刚才走。"

我指了指真凛离开的方向。

"不是的。"渚轻轻摇摇头，"我是来接你的。"

"欸？！"

"正门那里有埋伏。"

"这么晚了还有？！"记者们的执着让我震惊不已，"我们从后门走吧。"

"那里有很多 up 主，今天中午貌似有人上传视频说，小林妃奈的亲人在这所大学里工作，你妹妹的事件又引发了一波关注。如果你现在从大门出去，肯定会被逮个正着。我们见面的事也肯定得黄了。"

听他这么一说，我本来就没吃晚饭的胃更加紧缩了。这一次不知道又上传了什么视频。

"我知道一条路，从那里出去的话应该没问题。解释起来比较麻烦，直接跟我走吧。"

渚说着已经开始走动起来。原来他是为了帮我逃出记者的包围来给我指路的。

不过，我却没有单纯地想跟着走的意思。他是要陷害我，还是单纯的为他人着想？他的言行有那么多矛盾的地方，他到底想干什么呢？

我默默注视着渚的背影。

"我都看不下去了。"他的肩膀颤了一下说，"看着我就生气，你这家伙给人的感觉，实在是太像了。"

"像什么？"

"像我的一个发小。"渚喃喃自语似的说，为了听清楚，我只好凑近他，"小时候，有一个一起玩耍的邻居家的孩子。傻乎乎的，总爱哭鼻子，但是人很善良，我把她当成妹妹看待。"

空气中传来湿润的泥土和花草的味道，我和他向着实验林深处走去。

"她上大学的时候，因为社交网站上的账号跟别人雷同被网暴了。她打工的地方有个人做事不谨慎，给别人留了隐患，最终造成了重大事故。网友却把她们俩的账号给弄混了，很快就在网上搜出她的真实姓名，个人信息也被晒到网上。还有一些人找到了她家里。"树荫遮住了月光，根本看不清渚的表情，"不搭理他们就好了，可是这家伙却实诚地对待网上的指责。在网上做出解释，对跑到她家里的乱七八糟的人也一一解释，人也太实在了。不管对方是什么样的人，她都非常礼貌地对待。当她意识到自己个人的力量是无法改变什么的时候，已经为时已晚。她已经被折腾得筋疲力尽，而舆论却拿她的反应来寻开心，更加肆无忌惮地欺负她。大概过了一年，我的这个发小就在浴缸里割腕自杀了。"

"……"

"我回老家的时候得知了这个噩耗,我当时就下定决心以后要做一名记者。"

平静的语气掩饰不住说话者的痛苦。因为我和他青梅竹马的邻家妹妹很像,他才想拉我一把,避免我也坠入深渊吗?

"之前,我泼到那个叫水户还是什么的女记者身上的就是她的血。"

我愣了一下,不由自主地停下了脚步。

渚看了我一眼说:"开个玩笑啦。"他笑了笑,"那只是加了颜料的水。"

渚可能是想换个话题吧。

"就是这里。"渚指着前方。我仔细一看,大学校园的栅栏不知道什么时候在这里开了个口子。从这里出去的话,应该能摆脱记者团对我的埋伏了吧。

"对了……"渚从栅栏的缝隙中回过头来对我说,"刚才说的那些话,不要跟真凛讲,知道吗?"他盯着我的眼睛认真地说。

我点了点头。

姑且先把他和真凛分开来应对吧。

因为我们走了一条不是路的小道,一直到站前的快餐连锁店都没碰到任何人。

上了二楼,我们俩相对坐下,直奔主题。

"川喜多弘[1]。"渚说,"在新贝东站后面有一家名为'特雷斯特威尔'的意大利餐厅,就是他开的。你知道这家餐厅吗?"

"不知道。"我摇摇头。我虽然经常从新贝东站下车走回家,但这个人和这家店我都没有印象。本来,在车站后的小巷就是餐饮店密集的地方,如果不是很有名的餐馆,一般人是不会知道的。

"对这张脸有印象吗?"

渚把手机拿给我看,屏幕上是一个看起来很温和的中年男人,穿着白色的厨师服,应该是一名厨师吧。

"不认识,他是谁啊?这个人。"

"就是A啦。"

A就是据说一年前因事故意外死亡的妃奈的前男友。他身故的保险理赔金都被妃奈拿走了,因为他的大伯母跟周刊 REAL 的记者爆料了这一点,才让妃奈陷入了舆论的漩涡。

"你是怎么找到A这么详细的身份信息的啊?"

我也曾一度上网搜过,连A的姓名都查不到,周刊 REAL 原则上是不会公开线人的信息的。

"这没什么啦,看来你和这个男的完全不认识啊。"渚肯定

---

[1] 川喜多是姓,弘是名。

地说。

我一边看着照片，一边点头。

"如果是这样，那川喜多的事就由我来调查吧。明天，我就去特雷斯特威尔曾经在的那片打听打听。然后，再找他大伯母谈谈。那是一个啰唆的老太太，不过也正因如此，才很容易找到她话里的破绽。你就负责这个吧。"他把两本厚厚的册子往桌子上一放，"这是铜森高中时期的毕业相册和同学录。有了这些，你就能知道铜森的同学的样子和住址。你去他老家筑野打听一下，暗中调查。"

"好的。"我干脆地回答，心想这男生可真厉害，到底是怎么在如此短的时间里掌握这么多信息的呢？而且，不是毕业相册和同学录的复印件，而是原件啊。

"后天是休息日，我去一趟。"

"由你出面调查有着特殊意义。"渚毫不避讳地指着我的脸说，"虽说是姐妹，但你和小林妃奈长得一模一样。用这张脸去当地打探真相，比起我这个陌生人，更容易得到当地人诚实的回复吧。"

一模一样，也就是戴着口罩的时候吧。我隔着口罩用对方看不见的嘴苦笑了一下。妃奈就算摘了口罩也是美人。

渚根本没看出来我的细微变化，继续说：

"这个同学录有点老，没有小林妃奈那个年级的，所以现阶段来看,还没有她在当地的朋友或者熟人的信息。不过,顺着铜森的熟人找,总能找到认识妃奈的人吧。总之,你在当地尽可能多地找人问问。"

"好的。"

"啊,对了。"

渚把那红褐色封皮的毕业相册推到我面前打开,粘在一起的相册,每掀开一页,都有那种撕掉贴纸的声音。虽然不知道是谁的毕业相册,但铜森那个年龄的人高中毕业到现在也有十几年了吧,相册难免老化。

"你看看这个,最好记在脑子里。"

渚打开一页让我看,那一年的毕业生证件照整齐地排在一起。

我的目光自然而然地被最中间的那张脸吸引了。照片上是高中时代的铜森,他微笑着,五官和气质与现在几乎没什么变化,只有那短短的黑发看着是高中生的感觉。

但是,渚的手指向了铜森上方的另一个高中生。

那是一个光头的男生,剃得细细的眉毛下那双眼睛仿佛要吃人似的盯着前方,证件照的名字是金田拓也。

"这家伙据说和铜森是发小,两人家住得也近,从小一起长大的。"

听着渚的介绍,我心里却在嘀咕,这张脸怎么看都像是当地的不良少年，怎么感觉像在哪里见过呢。

我仔细回想，终于记起来了。就在几天前，我要求跟铜森面谈的时候，在筑野 BAL 所在的大楼外面见过他。当时，见有一个光头便服男人要进大楼，我还是跟着他才混进去的。可能那个光头就是金田吧。

"你调查归调查，可千万不要去招惹这个人。"听渚这么一说，正在盯着金田照片的我抬起头，和一脸严肃的渚四目相对，"现在，金田是铜森的左膀右臂，也有人说他是筑野 BAL 社长的保镖。有一些不太好的传言，最好离他远一点。"

安排好下一步要做的，我和渚就并排着走出了快餐店。

夜里的空气冷得脸都要冻裂了，我赶紧拉好羽绒服的拉链，将自己包裹得严严实实的。

"小林美樱女士。"一个穿着厚厚羽绒服的中年男人喊着我的名字向我们靠过来。

"我是周刊 REAL 的人。"

我皱起了眉头，都这么晚了还被记者蹲到。今晚，水户倒是没有来，不过周刊 REAL 的人可真是难缠。

"跟您一起的这位是您的男朋友吗？"

他这"脑回路"怎么就往那方面想了呢！"不是的。"我赶紧解释，本来我都不应该搭理他的。旁边的渚也装作不认识，我就不再开口，朝着车站的方向走，想赶紧甩开这个记者。

"等等我啊，小林女士。"他用那种自来熟的语气跟在后面，"我们也不是每次都要从你这里得到消息。今天晚上，我是来告诉你一些重磅消息的。"

"……"

"这消息对小林女士来说可是很重要的哟。"

我加快了脚步，这男的比水户还讨人厌。跟想知道什么就直截了当地问的水户不同，这个男的想得到情报先撒鱼饵，等着我上钩的做法太讨厌了。

"佐神翔从所里出来后就下落不明了，这件事你知道吗？"

我停下脚步，周围全是呼出的白气。

他刚刚说什么？

"我说，小林女士啊。"

脑子里正在做着斗争，身后传来了脚步声。

"走啦！"

是渚，他抓起我的袖子大步往前走。我被他拖着，速度快到呼吸都有些急促。在路口拐了好几次之后，我们才甩掉那个记者。

他可能也没想着穷追不舍吧。

几分钟之后，我们来到了车站后面的路上。这里只有一些小工厂，显得非常荒凉。

我手撑着膝盖喘了半天才缓过来。远处的路灯把我们脚下的影子照得长长的，除此之外再没有会动的物体了，周围安静得瘆人。

"佐神是杀害你父亲的那个少年吧？"

听到这略带回音的话，我吃惊地看着渚。他竟然知道这件事！

"你家的事在网上有很多，这种程度的信息一查就知道了。"

我的心情更加沉重了。为什么我们家接连出现被害者，难道是命运吗？

佐神翔，就是十年前杀害我父亲的凶手。

当时，只有十四岁的他因为未成年而免除了刑罚，只是被关进了少管所，最近好像是从少管所出来了。最后一次见妃奈时，她告诉过我。一想到这杀人凶手能回归社会，我就恶心。现在倒好，还下落不明了。到底跑哪里去了，有什么企图？

"除了刚才那句话，那个记者估计什么也不清楚。"渚好像读懂了我的想法似的说道，"既然是下落不明，现在肯定不知道去哪儿了。那个记者估计也只知道佐神失踪了，其他的能知道什么？如果你因此留下来跟他交谈，就上人家的套了。"

"我知道。"

我喘着粗气回答。我虽然也知道不能上当，听了周刊 *REAL* 记者的话，身体却不受控制地停了下来。也没想到会有人在这种地方喊我的名字，一时间愣住了。脑子里不禁浮现出佐神的身影，他正在我脚下这条路的延长线的某处，大摇大摆地走着。

我默默地注视着脚下的影子，渚却突然想到了什么似的说：

"这次的事不会跟佐神有关吧？"

我瞪大了双眼。

"不会吧？"

"他不是下落不明了吗？犯了杀人那么大的罪，哪怕从少管所出来，也会有观察期的吧？但是，佐神却逃离了监视，做什么坏事都不稀奇吧。"

就算是杀人。

我恨佐神，也看不起他。十几岁就敢杀人，他肯定不是一个精神正常的人。用一棵树来比喻，就是坏到根了，而且长歪了。我不认为他经过十年的矫正和治疗就能洗心革面。就算从所里出来了，他也很难获得一般人的谋生技能，再次走上犯罪道路的可能性极大。

"有没有可能是佐神出来之后对你妹妹下手了呢？"渚边思考边说，"如果是这样的话，你妹妹遇害和保险金欺诈就没有任何关系，人们怀疑她骗保的推论也无法成立。小林妃奈什么错都没有，她纯粹是受害者。"

确实是这么回事。我相信妹妹是无辜的，但是……

"不可能吧？"

我再一次吐出这句话，我们家的人再一次落入同一个杀人狂手里，会有这么巧的事吗？

十年前，佐神杀害父亲的时候，说他的动机只是想杀个人试试。这也符合猎奇杀人犯的心理，和我父亲个人之间没有任何瓜葛。在父亲被害之前，我们全家都不知道佐神这个名字，和他无冤无仇的。佐神杀了父亲之后，出了少管所，又盯上了妃奈？这没有道理啊。

渚估计也想到了同样的疑点。

"也是啊。"他嘟囔着，声音渐渐消失在黑暗中。

十

在刚能记事那会儿，有一个片段一直铭刻在佐神的脑子里。

明月高悬，黑黑的河水上有一座木制的拱桥，桥的栏杆上每隔一段就有一个拟宝珠[1]，其中有一个上面站着一个高高的少年。浅黄色的狩猎服，马尾一样的长发在夜风中微微颤动。

突然，桥上"呼啦"一下来了一群人，个个都是身手不凡的武者，他们一起向少年袭来。

---

1 桥栏杆上的柱头。

在敌人到来之前，少年已经高高跃起，背对着满月拔出秋刀鱼腹般的长刀。刀光一闪，少年已经落在桥上，挥刀斩向敌人。

"唰"的一下，对方的一人应声倒下。反手又是一刀，"唰——"再斩一人。

少年轻松地挥舞着手中刀，"唰唰"，每次出手必有一人倒地。

这个片段没有声音，佐神却感觉到有一种微弱的旋律在耳畔回荡。

"喊哧咔嚓，喊哧咔嚓。"

少年华丽的杀敌过程中，这个旋律一直都在。

要是跟别人说，人家一定会笑话我吧，说那只不过是错觉。

牛若丸是不会这样杀人的。在京都的五条大桥上将敌人打得落花流水的应该是弁庆。是弁庆把牛若丸打败了。也不是在乱斗中，而是在二人单挑的情况下。[1]

客观地讲可能是这样的，佐神小时候看过古装电视剧，这个片段深深地烙印在脑海里。

不过，对佐神来说，脑子里的"喊哧咔嚓"是真实的，绝对的。

---

[1] 两人都是日本平安末期著名的武将，在源平合战时战斗在最前线，对源赖朝开创镰仓幕府做出了卓越贡献，为后世日本武者敬仰。民间故事里说，两人在京都五条大桥上单挑。久战之下，牛若丸力有不逮选择投降。

"唰，唰……"

"喊哧咔嚓，喊哧咔嚓。"

刀锋所过之处，必有皮开肉绽之音。刀尖"噗"的一下戳破皮肉，从身体的另一端露出来，就像用筷子戳鱼糕时那么简单，又像自由泳的手掌入水时划开水面那样轻松。

佐神不断重复着这种想象，然后整个人开始魔怔了。

好想挥刀啊。

好想把人"唰"的一下砍倒。

佐神没告诉任何人，虽然是小孩子，但他也知道，有些事就连父母也最好不要告诉。但是，这种隐藏在内心深处的冲动如野火般越烧越旺。不但无法压制，还从心里一直蔓延到了全身，并且随着他逐渐长大而越来越强烈。"如果我能'喊哧咔嚓'地刀起头落，那该多幸福啊。"无论是仰望天空，还是眺望大海，抑或是看着跟自己说话的亲朋好友，佐神脑子里都在想着挥刀的事。

终于，在十几岁的时候，他下定决心付诸实践。

佐神小时候生活的地方是个不起眼的海边农村。比起渔业，农业倒是更发达。祖父母那一辈是种田的，他们家仓库里有各种老旧的农具。佐神从中拿起一把短刀，确定目标之后，毫不犹豫地下了手。

但是，下手后的很长一段时间，佐神都陷入深深的后悔中。

跟电视上看到的完全不一样啊，亲手杀人后的感觉让佐神满是疑惑。

砍人这件事根本没那么轻松、愉快，也丝毫没有让他感觉到幸福。

事实上，跟他幻想了几千次的绚丽情形完全不同。一点美感都没有不说，那令人作呕的手感还怎么都忘不掉。而且，因为害怕溅出的血液，佐神当时还下意识地闭上了眼睛。强忍着眼泪的佐神发誓：

"这种愚蠢的事老子再也不干了！"

十一

"你不会就是那个谁吧？！"推拉门上贴着一张泛黄的贴纸，上面写着"推销勿扰"，里面往外望的那张脸从一开始就充满了敌意，"你就是跟踪铜森先生的那个女的吧？"

中年妇人体格壮硕，说起话来如炸雷，整条街道都回荡着她的声音。我下意识地从玄关往后撤，我还是第一次听说铜森被跟踪的事。

"你想干什么？连我们这些跟铜森先生有点关系的人也要骚扰吗？听说铜森先生空着的老房子进了贼，不会就是你干的吧？"

"不，不是我。"

"街坊邻居都说要注意一个可疑的女人，请你离我们远一点。"

我还没来得及做出反应，"咣当"一声，门就被关上了。

我在这个褐色的民房前呆呆地站了一阵，午后的斜阳照着脚面。我是早上才过来的，这就已经风言风语了？

第一次到筑野市，本就不知所措，没想到会这么不顺。

从一开始，我就有种不好的预感。

早上，我坐上休息日最早的一趟电车赶赴筑野，调查妃奈和铜森的交往情况。

不是不在意下落不明的佐神，而是调查佐神行踪这种事不是我能做的。而且，在我心中，证明妃奈无罪这一点更加重要，必须优先处理。

拜访谁，事前我已经根据渚给的铜森的高中毕业相册和同学录拟了一个名单。但在此之前，我打算先去住在筑野的叔叔家一趟。父亲遇害之后，我们一家分崩离析，妹妹就寄养在叔叔家。

我在整理妃奈遗物的时候并没有发现毕业相册，没准儿在叔叔家能找到，那样的话就能掌握妃奈学生时代的人际关系了。我越想越觉得有戏。

下了电车，我换乘了每天只有几个班次的公交车。从车窗中，我第一次看到了筑野的街景。

这小镇给人的感觉可真是荒凉啊。

不是乡下人口少的缘故,我长大的那见市也有一部分是人口不断减少的村落。可能是这里没有大海吧,想来想去是因为这个吧。筑野的农舍每一栋都非常老旧。

小小的农舍就建在紧靠着山的农田边上,几乎没有新的建筑。虽说很老旧,却一点历史感也没有,想必是昭和时代[1]盖的房子自然而然地老化成现在这个样子的吧。一个地方的面貌也能反映当地的经济状况,可能整个筑野都很贫穷、落后吧。

想想也是,我住的那见市虽然小,但好歹有海,还算是个观光地,有一些土特产。跟那里一比,筑野的名胜古迹或者特产什么的,我一个也说不上来。沾了铜森创立的筑野 BAL 的光,筑野才被世人所知。

我下了公交车,来到老旧程度和面积都在筑野算是普通的一户民宅前。

从门口的姓氏牌上的"小林"可以推测,这里就是叔叔家了吧。妃奈高中毕业前,就是和叔叔婶婶以及两个堂姐妹一起生活在这里。我上一次见到他们家人,还是父亲葬礼的时候。

我按响了门铃,在门口就碰了一鼻子灰。

---

[1] 1926—1989 年。

叔叔从玄关出来后，第一句话就是："你妹妹做的好事可害苦了我们啊。"他皱着眉头，怕邻居听见，用很低的声音责问我，"我们家现在的处境有多艰难，你知道吗？"

我虽然不是妃奈，但戴上口罩就和她长得一模一样，可能因此让他迁怒于我了吧。看起来，他对新闻里说的妃奈杀人骗保的事深信不疑。

"我们可是辛辛苦苦把她养大的，她就这么回报我们吗？偏偏还对铜森先生做出那种事……连我们家俩姑娘都被人骂不要脸。"

我瞄了一眼玄关里面，虽然楼道里没有人影，但我能感觉到有人在我看不见的地方偷偷看着我，应该是婶婶和堂姐妹吧。妃奈高中时曾跟我说过，讨厌一起住的堂姐妹，说她们很刻薄。正在我想着这些的时候，"这回又换成你了，想干什么啊？"叔叔激动得唾沫横飞。

我下意识地后退。这情形，是不会请我去家里坐坐了。我想问他们家里有没有妃奈的毕业相册，估计有也不会给我了。我只好放弃走人。

对他们还有些许期待，我是真傻啊。就连妃奈的讣告都没有回复的亲戚，还能有什么情分在？我放弃寻找妃奈的毕业相册，打起精神，开始按计划找铜森在当地的熟人了解情况。

但仅仅过了几个小时，我就接连不断地遭受了当地人无情的打击。

我以铜森高中毕业时的同学的住址为主开始调查。

他的同学留在老家的比去城里的要多,特别是男性,可能是要继承家里的农田的缘故。就算他的同学不在家,同学的父母在的话,也多少能知道一些铜森和妃奈的事吧。

我挨家挨户拜访,人们的脸上却不约而同地流露出敌意。跟叔叔差不多,他们都觉得妃奈是保险金诈骗犯,差点连铜森也害了。他们对此深信不疑。

"你就是那个保险金诈骗女的姐姐啊。"

"这回又换成你来骗铜森先生了吗?"

"我要叫警察了。"

各种难听的话劈头盖脸地招呼,相比之下,叔叔说的话还算中听的了。不知从何时起,调查事情真相的我,在他们眼中成了缠着铜森不放的跟踪狂。

离开了贴着"谢绝推销"的大门,我长长地叹了口气。这都拜访过十几家了吧,我所期待的证词是一句都没有找到。

这里的人都崇拜着铜森,憎恨着妃奈。不是妃奈在当地的名声不好,而是铜森的个人魅力太大。他用筑野本地的农产品创立筑野 BAL,并开了多家连锁店。在当地人心中,铜森是个大英雄。他不仅给筑野带来了经济效益,还是孝子贤孙的典范。从他们的话语中,我倒是听出了一些铜森的事迹。比如,他最近为父母在老家盖了豪宅。

所以,险些陷害了铜森的妃奈在当地人看来是十恶不赦的坏人。

举世皆敌的孤独感袭来。

我没有了继续拜访下一家的勇气,拖着沉重的脚步走在大街上。前方是一个四方的白色建筑,好像是一家大型超市。调查的事先放一放,在那里买点什么把午饭解决了吧。

超市在河对面,过桥的时候,我发现河面上浮着一些油污。窄窄的河道两侧是密集的板房,如果不是晒着衣服,我还以为是空房子。我把要面谈的清单捋了一遍,没有一个人是生活在这片区域的。

进入超市后,我感觉轻松了不少,因为这个店在我们贝东市也有,是一家连锁超市,内部的装潢和物品的摆放都很相似。我买了一个果酱面包,在店内的就餐区吃早就过了饭点儿的午餐。喝的是我从自己家里用水杯灌的茶水。本来也不是很饿,也不觉得怎么好吃,不到五分钟就吃完了。

我正在用湿纸巾擦手的时候,"妃奈姐!"一个女孩高声喊道。我回过头去。

"妃奈姐,果然是妃奈姐!"

穿着粉色连衣裙的小女孩很高兴地飞奔过来。

不对,不是小女孩。虽然她的动作很像孩子,但年龄跟我差不多。从她的言行可以看出来，她应该是患了某种认知障碍症。

不过，就算她是普通人，把我认成妃奈也没什么奇怪的，我戴上口罩的话和妃奈长得一模一样。就算是在吃饭的时候，我也没有摘掉口罩，而是把面包揪成一小块一小块的，从口罩下面塞进嘴里。如果别人不知道妃奈已经死了的话，肯定会以为是她本人回老家了。

"妃奈姐，一起玩儿好不好？"

我身体前倾，正想跟她说话的时候，"嘿，别捣乱。"我面前的女孩的脸离我越来越远，因为有个年长的妇人从后面把她拽走了。

"你在干什么啊，真子，走啦走啦。"

从那口气来看，应该是女孩的妈妈，真子是这个女孩的名字吧。

"可是，妃奈姐回来了啊。"

"那怎么可能？！"

还没等我过去跟女孩说句话，她就生生地被人高马大的妈妈拉出了超市。她妈妈估计不会让真子回答我的问话吧，因为她连看都没看我一眼，是那种典型的站在铜森那一边的本地人。

我收拾好午餐后的垃圾，准备重新开始我的访问调查。身体跟刚才比起来，也感觉稍微补充了一点能量。

果然妃奈不是他们所描述的那样，那个无邪的女孩看起来很喜欢妃奈。只要在本地继续调查下去，就一定能找到一些确切的证据。

超市出口处就是停车场，因为是休息日，停满了购物者的车。我要是有驾照的话，这次行动应该能轻松不少吧，从早上一直走到现在，腿早就酸了。

一辆大货车的阴影里走出来一个人，挡住了我的去路。

"喂，站住！"

我抬头看了下对方，倒吸了一口冷气。

"你就是那个自称是小林姐姐的人吧？你好像对铜森先生的事很在意，到处乱打听，是吧？"

细细的眉毛往中间挤得快连在一起了，光头男子凶巴巴地盯着我。是那个金田！铜森的发小和左膀右臂，是渚千叮咛万嘱咐要避开的危险人物。他是怎么知道我的行踪的呢？而且，他应该在位于贝东市中心的筑野 BAL 总部啊，怎么会出现在这里？！

金田像大猩猩一样弯着腰向我的脸靠近。

"你知不知道这是什么地方？不要没事儿找事儿。"

我不知道自己哪里得罪他了，双腿不由自主地发抖。金田那张凶神恶煞般的大脸和低沉的声音很有压迫感。

"赶紧滚蛋！以后再也别到我们这里来了，否则，有你好看！"

"……"

我感觉这时候应该说点什么，但是双唇气得发抖，根本张不开嘴。

我还什么都没有说，金田就风一样地在我面前消失了。

十二

夜还没深，我就已经到贝东市了。

在筑野的时候，金田说的话让我感到害怕，也就没了继续调查的勇气。但这么早回来绝对不是听从了他的"劝告"，而是因为原本计划要花几天时间来调查的名单显示，大部分已完成。这也意味着我此行徒劳无功，几乎每个人都不想跟我多说一句话。所谓的调查也都草草收场，而且再也没见到真子。

夕阳西沉，我正在筑野的车站垂头丧气的时候，渚发来消息，问我进展得怎么样。他今天在调查川喜多这个男人，我们约好了回贝东市之后碰个面，把这一天的成果互相汇报一下，虽然我基本上没什么可说的。

见面的地方是渚定的一家餐厅，据他说是在筑野BAL总部的附近。我到了之后才发现这家餐厅就在那总部大楼的正对面，不是那种连锁店，而是一家很时髦的咖啡厅。我都不好意思进去，在里面点一杯咖啡肯定都要好多钱吧。

这种办公区的咖啡厅里穿正装的客人比较多，穿着便服的渚在店里很显眼。他坐在靠窗的位置,手肘托着下巴看着窗外。

我在他对面坐下,点好餐后问他。

"关于川喜多的事,你有什么发现吗?"

我这里什么收获都没有,只能问问他了。

川喜多弘是铜森之外妃奈的另一个前男友,他的死亡让人们怀疑妃奈是保险金诈骗犯。为了证明妃奈的清白,渚去搜寻证据。

"我打听了很多他们俩交往时的情况,不过……"渚说着,终于把视线移到我这边,"先说结论吧,能证明小林妃奈无罪的证据,我是一个都没找到。"

看来今天我们俩都只能原地踏步了。

"川喜多弘死亡的时候三十七岁,曾在别人的店里当厨师。三年前,他自己开了一家名为特雷斯特威尔的意大利餐厅,一个人撑起一家店。"

我吃了一惊。渚给我看照片的时候,虽然川喜多看上去确实比妃奈大,但没想到他比妃奈大一轮还多。他和铜森差不多,看来妃奈喜欢年长的类型啊。

不对,这不是喜不喜欢的问题。妃奈是保险推销员,她在外面跑业务的时候,遇到的都是这个岁数的人,年轻人是不会考虑买寿险的。

我的猜想是对的。

"小林妃奈因业务关系到特雷斯特威尔这家餐厅，他们俩就是这么认识的。基本上在同一时期，两人开始交往。川喜多在小林妃奈的推荐下购买了寿险，而保险金的受益人写的是小林妃奈。半年后，川喜多意外死亡，保险金被受益人全额取走了。"

"这就是个巧合吧？"

"的确，迄今为止还没有小林妃奈骗保的确凿证据。但在川喜多的案件中，有很多疑点指向小林妃奈。"渚看了一眼窗外继续说，"首先是死因，川喜多的死亡虽说是意外事故，但没有像交通事故那样有清晰的影像证明，而是在登山过程中失足坠亡。据说，他是在店里休息的时候，跑到附近的山里徒步时滑倒的。他的尸体是登山爱好者第二天才发现的，事发当时并没有目击者。川喜多认识的人都说不知道他还有登山的爱好。"

"会不会是一时兴起？"

"有可能吧。话说，小林妃奈并没有跟川喜多一同爬山，但事发当时她也没有不在场的证明。"

所以人们才会想，是妃奈为了骗取保险金把川喜多推下悬崖的吧。这种说法也太牵强了。我想反驳，渚却先开了口：

"而且，川喜多为什么把受益人写成小林妃奈这一点也解释不通。"

"会不会是因为他没有家人？"

新闻里说，川喜多没有父母也没有兄弟姐妹，唯一有点关系的大伯母跟他走得也不是很近。

"那样的话，就没有必要买什么寿险了。就算自己死了，也没人活不下去。如果想给小林妃奈的业绩做点贡献的话，买点别的保险不也行吗？比如，个人年金险之类的。虽说他买的保险也包含了火灾险，但怎么看买寿险这一点都不正常。一般人怎么会让刚交往不久，结不结婚还不知道的对象成为寿险的受益人呢？"

"没准儿他们刚好上就决定要结婚呢？"

"就算是这样，川喜多当时的经济状况可没有那么乐观。据说，他为了开特雷斯特威尔这家餐厅，从银行借了很多钱，每个月还贷都很吃力。再加上这几年新冠疫情的影响，想经营下去，除了本人的厨艺足够优秀，还需要很多方面的能力。他当时几乎是走投无路想关门的状态。如果是这样，与其花钱买一份自己不受益，生意上也没助力的保险，还不如早点把贷款还上。正常的人都知道该怎么选吧。可是，小林妃奈还是让川喜多买了受益人是她自己的寿险。是她的甜言蜜语拿下了川喜多，还是在川喜多不知情的前提下偷盖了他的印章呢？"渚喝了口咖啡缓了缓，然后继续说道，"如果是这样的话，这女人也太狠了。世人的想象力是无穷的，他们会想，这个坏女人会不会是另一个杀人骗保的黑寡妇[1]？"

"打住，"我赶紧插了一嘴，"万一是川喜多想不开自杀了呢？"

他经营餐厅资金周转不开，虽然是推测，但他要不是意外死亡，而是自杀的话，妃奈的境遇就完全不同了。

不过，渚却说：

"这不可能。据说，事故发生前，或者说，从开始和小林妃奈交往后，川喜多变得积极乐观了。一直苦恼于生意不好的他，不知道被女友如何激励了，又有了干劲，还说无论如何也要让快破产的餐厅起死回生。人有动力的时候，是不太可能自杀的。这是我问了很多川喜多的熟人之后得出的结论。而且，正因为被社会各界判定为事故，保险公司才迅速理赔，把保险金给了小林妃奈。寿险是有自杀免责期限的，大约是投保之后两三年。这期间自杀的话，保险公司是一分钱都不会赔的。"没错，妃奈拿了整整三千万日元的保险金，连我都没告诉，"如果按照世人怀疑的方向去思考，小林妃奈为了顺利得到保险金，在杀川喜多的时候，还不得不伪造意外死亡的现场，让人看不出是自杀。不断鼓励因经营不顺而沮丧的川喜多，也不是出于善意，而是……"

---

[1] 日本新闻里出现过一个通过不断结婚杀夫骗遗产的老女人，被称为"黑寡妇"，她坑杀了多名已退休的多金单身汉。

我再也不想听下去了，使劲摇了摇头。他接下来的话肯定更不中听，跟我相信的大相径庭。

"说实话，现在我们知道的都是新闻里已经报道过的。筑野那边怎么样？"渚问我，我继续摇头。

"我倒是挨家去问了，但什么都没问出来，所有人都是铜森的死忠粉。而且，金田还威胁了我。"

"金田？"

我把在筑野调查的情况大概跟他说了一遍。

"铜森社长的保镖出场了啊。都说他是一个为了铜森什么事都干得出来的人，铜森记恨的小林妃奈的姐姐有什么举动，他肯定会在意的。还吓唬你了，是吧？"

"倒是没有明说什么。"

"那种大猩猩一样的家伙，为了免于让人告他恐吓，估计没少在遣词造句上下功夫吧。反正，我们起码知道金田今天在筑野这件事。这倒是方便了我们接下来的行动。"

"接下来的行动？"

我抬头看了一眼渚，我杯子里的咖啡还没喝完，他就起身要往外走了。

"嗯，今天就先到这里吧。"

明亮的咖啡厅外是宽敞的商业街，依然如白昼一般灯火通明。

"光跟周围的人打听也问不出什么来，这一点我们已经切身体会了。果然还是得找当事人啊。"结完账，渚边往外走边说，"你一开始想的是对的，就应该直接找铜森问问。不给安排面谈，我们就直接找他。"

他在调查的空隙一直在网上搜索，找到了一个女性的SNS[1]账号。虽然隐去了真名，但从她的发稿记录可以看出，她是筑野BAL的员工。渚深入研究了她发的信息，掌握了铜森今天将在总部开会这个情报。所以，我们决定停止问询调查，迅速向总部的方向移动。

渚之所以选这个能看到筑野BAL所在大楼入口的咖啡厅，并且在和我说话的时候经常向窗外看，原来是为了监视大楼入口。

"铜森一出大楼可能会立即上出租车或者公司的专车，能跟他接触的机会转瞬即逝。上去打招呼的话，你比我更合适吧？一开始，你就明确地告诉他，你是小林妃奈的姐姐。铜森一直拒绝和你会面，我们可以看看他见到你之后的反应。"

"明白了。"

"然后，把这个给他。"渚把一个折成很小一块的字条递给

---

1 SNS：社交网站。

我,"上面写了你的联系方式。就算你上去打招呼,铜森也想跟你说点啥,但大街上毕竟不方便。只要告诉对方自己的电话号码,他可能就会回头打给你……你看,这不是来了吗?"

我看到大楼的方向,有四五个人一起从入口处走出来。中间的就是铜森吧,跟新闻画面里的一样,他穿着修身的西装,和周围的人谈笑风生。会议结束了,貌似员工们正在欢送老板。

终于见到妃奈的前男友了,这个机会我一定不能放过。

"就是现在!"在渚想推我后背一把之前,我已经迈开脚步向着大楼的方向走去。虽然不应该在众人面前大声喊叫,但我还是尽力地喊了一句:

"铜森先生!"

从大楼里出来的人,"唰"的一下都往我这边看。正在和员工说话,脸上的笑容还没有来得及收回去的铜森和我四目相对。

"我是小林妃奈的姐姐。"

铜森笑得眯成缝的眼睛一下子瞪得溜圆。我敢肯定他听到了我说的话。

"我是小林妃奈的姐姐。"

"妃奈的……"

"是的,我想跟您谈谈。"

说着,我继续向他走近。铜森那张脸在我眼前逐渐变大,那表情只是单纯的惊讶。

他想说点什么的时候……"社长！"炸雷般的声音响起。

这有点耳熟的声音吓了我一跳，一个巨汉从大楼里跑出来。

"拓也。"铜森回头看了一眼他这个发小，直呼其名。

"你在这儿发什么呆呢？都快过点儿了。"金田丝毫不顾及周围还有同事，劈头盖脸地训斥铜森。

看到这一幕，周围的同事就像被碰触了触须的蜗牛一样全都蔫儿了。

只有铜森轻松地跟他说：

"我知道，不过这位女士有话要跟我说。"

"我不是跟你说过不要搭理那些'狗仔'吗？"

金田肆无忌惮地拍了拍铜森的肩膀，那宽广的后背隔开了我和铜森，好像故意不让我们有更多接触。一辆出租车也跟计划好了似的开了过来，估计是为了铜森出行叫的。

绝对不能让他这么逃了。

"铜森先生——"我提高了音量，"请听我说，我的妹妹绝对不是新闻报道里所说的那种人。"

"快走！"

金田一边大声盖住我的声音，一边把铜森往出租车里塞。

"但是，拓也……"

"说了让你赶紧走，你还磨叽什么！"

他这一呵斥，周围的员工也反应过来，像是要保护社长似的围成一圈，护送铜森上了出租车。铜森的背影越来越远，最终消失不见。

随着出租车的声音渐渐消失，留在现场的我和金田形成了对峙的局面。

我下意识地摆出防御姿势，金田却只是瞪了我一眼就转身回到办公楼里去了。就算是晚上，繁华地段的街上也是人来人往，金田不敢在这里发飙吧。其他员工也匆忙跟着金田回去了。

周围又恢复了夜晚该有的宁静。

"看来没那么顺利啊。"

我这才发现渚已经站在了我身后。

"对不起。"我道了歉。到头来，一句话都没从铜森那里问出来，也没有把我的联系方式交给他。

"今天要不就先回去吧。"

渚好像没怎么灰心，向着车站的方向走去，我紧随其后。

随着车站越来越近，办公区那白色的灯光渐渐变得斑驳，餐饮店的黄色灯光开始占据多数，醉汉也越来越多，我们边走边躲避这些人。

"那家伙有毛病吧？"

渚小声念叨。

"那家伙？"

"就是金田啊。"被他这么一说，我终于意识到不合理的地方,"为什么金田在总部?你不是中午还在筑野见到过他吗?"

"是的。"

"虽说他也可以像你一样当天就从筑野回来,但他应该是相当急着回来的。我在他们总部前的店里监视了将近三个小时,根本没见到过金田的身影。也就是说,他是在那之前回来的。有什么事值得他这么着急呢?当然,他也可能是必须参加一个什么会议。"

渚想表达的意思我明白,金田是戒备着我才迅速折返回贝东市的吧。一定是这么回事,他无论如何都不想让我和铜森有接触。

如果真是这样,金田到底为什么要这么紧张呢?

我想听听渚的分析。

但是,他却从我身边消失了。

不对,是我的身体动了。当我意识到这一点的时候,才发现胸口遭到了强烈的冲击。

我的身体承受不住,无力地坐在地面,下半身传来了沥青的冰冷之感。我抬起发蒙的双眼,前面站着一个黑色的人影,从身形来看应该是个男人。他是从对面走过来的几个人中的一个,就是他把我一下子给撞飞的。

紧接着,他还弯下腰来挥拳要打我。要被打了!我条件反射地往后撤,但身后是建筑物的外壁,我已经被逼到死角了。

我闭上眼睛,听到布袋子倒地般的声音,却没有疼痛传来。我睁开眼,看到男人正和渚扭打在一起,是渚把他从我这里引走了。渚全力一记顶膝,男人发出一声闷哼。

看上去,渚占了上风。

"后面!"我大声喊。

他身后又出现了两个男人的身影。袭击我们的人不止一个吗?

两人加入战斗,渚立刻招架不住了。虽然他手脚都用上了,但架不住对方人多。渐渐地,他的口罩被打掉了,脸被打歪了,身上也吃了很多拳。

"别打了!"

再这么打下去,渚肯定会受重伤。

随着"哐当"一声,一个发光的东西掉了下来。那是什么?是匕首!这些陌生男人是想杀了我和渚啊!

"来人啊——"我向四周求救,"救命啊——"

车站附近的路上还是有一些人经过的。但是,没有人向我们这里走。就算那些人往我们这里扫一眼,也装作没看见似的继续走。他们可能以为是喝醉了的人耍酒疯呢。

"杀人啦——"

我正想继续呼救,那个撞我的男人一把抓住我的衣领,勒得我喘不过气来。我想用力把男人的手掰开,但根本使不出力气。

这么下去，我肯定会死的！

大脑渐渐麻痹，我的余光扫到渚。他的脸已经肿了，他还在拼命抵抗，但怎么看都没有胜算。

怎么会遇到这种事呢？

大脑已经麻痹，我浑身无力，突然听到了巨大的声响。

肺里终于进了新的空气，五感渐渐恢复，我能清楚地听到声音了，也能看到周围的景物了。周围在回响的是巡逻车的警笛声。三个男人则向着相反方向的小路跑去，很快就转过拐角消失不见。

得救了！

我一边咳嗽，一边想，一定是那些装作没看见的路人打电话报警了。所以，巡逻车才向我们这里驶来。

那些袭击者也是这么想的吧？所以才放过我和渚，迅速撤离了。

我第一次由衷地感谢维持街道治安的警察组织。

"喂！"渚不知道什么时候已经站起来，到我身边喊我，"我们快点离开这里。"他说话的时候，嘴唇上还有血迹。

我却直接盯着他说道：

"我们可是受害者啊！"

"我们不是受害者。"

"你说什么呢？怎么看都是……"

"不管是哪一方，跟警察扯上关系就麻烦了。"

我们正在争论，警笛声却越来越远了。我还在想是怎么回事，警笛声竟然彻底消失了。

"看来我们搞错了。"

渚虚脱了一般仰望着天空。

巡逻车不是为我们叫的，而是出于别的原因碰巧经过附近。那声音却救了我们。那些歹徒也跟我们一样误会了吧。

再次回归宁静。

"回家吧。"

渚站了起来，跟十分钟之前没什么两样，我震惊了。

"不用去医院看看吗？伤口不处理一下的话容易感染。"

"我没受伤。"

"怎么可能啊？"

被三个男人一顿暴揍，脸上青一块、紫一块，肿得老高，看着都很疼。

"问题不大，那群家伙才应该进医院。"

我再次被他的话惊到了。这仿佛是一个打输了，嘴上还不服气的小学生说的话。

我回想起他刚才奋力抵抗的样子。那动作不像是学过武术，只是胡乱地拳打脚踢。不可思议的是，他竟然还真打到了对方。

而且,他一边反击,还一边笑。不管多大的男生打起架来都特别兴奋,我是无论如何也理解不了这种心理。

"保险起见,还是让医生处理一下吧。"

"都说没事了。"

他轻快地向车站方向走去,看起来确实没受很严重的伤。松了一口气之后,我的情绪也从担心转向了吃惊。

"为什么你这么镇静?刚刚才被歹徒袭击了啊。"

"有什么可大惊小怪的?"渚眯了眯肿胀的眼睛继续说,"对方又没真想杀了我们,他们只是想吓唬吓唬我们。而且,那些人明显就是金田的手下。"

关于歹徒的身份,我也有同感。

金田中午才警告过我不要接近铜森,虽然是他单方面做出的约定,但我当晚就违反了,他恼怒之下立即报复是说得通的。

可就算如此——

"那个人,是不是太奇怪了?"

作为铜森的保镖,金田对我的存在很敏感是可以理解的。但是,他的应对方式也过激了吧?我只不过是在总部门口跟铜森说了两句话,他就派人来袭击我,这哪里是在正规企业工作的人干得出来的事啊?

"我有种感觉,筑野 BAL 里发生的和你妹妹相关的事,那个男人肯定知道内情。"

我跟渚想的差不多，默默等着他接下来的分析。

刚才我在他们公司门口跟铜森搭话的时候，铜森的第一反应是吃惊。而且，不像是要拒绝我的样子，反而像是想听听我要说什么。而金田的出现打断了我们的对话，强行把铜森塞到出租车里去了。

而且，金田跟铜森说我是"狗仔"。他在筑野的时候就知道我这个妃奈的姐姐在走访铜森相关的人。也就是说，他是知道我的身份的，却故意骗铜森说我是"狗仔"。

另外，我第一次去筑野 BAL 要求见铜森一面的时候，别说是预约见面了，就连捎个口信都不给。我还以为是铜森本人的意思，这样看来是我想错了。当时，金田应该在，一定是他在阻止我和铜森接触。

因为金田的阻挠，铜森甚至都不知道小林妃奈的姐姐来找过他。所以，被我突然叫住，他才那么吃惊。那表情绝对不是装的。

为什么金田要对铜森隐瞒我的存在呢？

我甚至开始怀疑，这一系列的事件是他在幕后操作的。

比如，金田想扳倒铜森自己上位，也是有可能的。筑野 BAL 的社长是铜森，但是金田的贡献有目共睹。他们共同创立的企业发展得比预想的要好得多，牵扯到利益，就算是关系再怎么铁的发小也难免会有分歧。

而妃奈会不会只是被金田的阴谋利用了？可能金田擅自为铜森购买了寿险，但是保险金的受益人妃奈不听话，他就杀人灭口了？

我刚想把自己的想法告诉渚，却听他说："那只不过是你的想象。"他直接否定了，"要让人们相信得有真凭实据。"

"可是……"

我还想继续争论，但看了一眼渚的侧脸就不说话了。我们走得并不快，他却喘着粗气，果然是在逞强，嘴上不说，实际上一定又疼又累吧。想想也是，多亏了他和歹徒拼命，我今天才没受伤。今天晚上就不要继续勉强他了，还是让他早点回家休息吧。

我们接下来默默地走了一会儿，在车站内的检票口分开。

"再联系。"渚只说了这么一句，就一头扎进回家的人群中。

我一个人上了车坐下后，自然而然地长叹了一口气，好漫长的一天啊。出于坐车时的习惯，我拿出手机查看未读信息，发现有一条陌生号码发来的消息，大约就在十分钟之前。

看着那行文字，我皱起了眉头。

"我可以提供情报。"

上面就写了这么一句话。

十三

我正从保险柜里拿出自己的钱包和手机。

"小林女士!"身后传来呼叫声。

回头一看,桐宫正站在休息室门口。那之后俱乐部今晚的工作人员只有我们俩。

"差不多适应这里的工作了吧?"

"是的。"我回答。随着工作次数的增多,我慢慢掌握了在那之后俱乐部工作的要领。尤其是真凛不在的日子,我干起活儿来更是充满自信。

"多亏了有浩浩这样的孩子,帮了我很多忙。"

"他是来我们这里时间最久的孩子,几乎每天都来。他要做好表率才能当大哥嘛。"

"是啊,其他孩子也很贴心地帮我做这做那的。"

"孩子们也很不容易啊。"桐宫自己也从保险柜里拿出东西,叹着气说,"来我们那之后俱乐部的孩子,多数人家里的状况都比较复杂。他们的监护人不能照顾孩子又不能让陌生人来家里帮忙,这么晚了还不得不工作。除了工作本身很辛苦,还有贫困和亲戚关系不好等因素,使他们无依无靠,非常孤独,好多人还是单亲家庭。这些孩子真是不容易啊。"

"是啊。"

确实，这里的孩子中有一个好像心事很重，十分敏感。一起玩儿的时候，只要看到那孩子笑，我就跟着开心。

"不过，孩子再怎么努力也是有极限的，离不开大人的支持和帮助。小林女士能来我们这里帮忙，真是太好了。"

桐宫笑着看过来，我也对他笑笑。

一开始是冲着有钱拿才干的这份工作，没想到和孩子们相处的时间对我来说相当放松。桐宫人很好，没有要辞掉我的意思，他好像还不知道我被记者们到处围堵的事。那之后俱乐部对我来说就是世外桃源，让我可以从惦记着如何洗刷妃奈嫌疑的烦心日常中解脱出来。

"您辛苦啦。"

锁好门之后，我和桐宫告了别。

他走向实验林深处，应该是打算从后门出大学吧。我正好方向相反，从实验林出来后，沿着教务楼后面的小路走，这样到正门的距离最短。

晚上的实验林漆黑一片，连大人都会害怕。虽然多加小心，走路的时候还是难免跌跌撞撞的。不过，走到前面的教务楼就亮了。从一楼的办公室里透出灯光，好像还有同事在加班，可能是同为临时工的鹿沼吧。

快到保卫室门前的时候，我停了一下，往正门的方向看了看，今晚那里貌似没有蹲守的记者。我松了一口气，赶紧走出大学往车站走,坐上了和回家相反方向的电车。

我和那个可以提供情报的人约好了待会儿见面。

昨晚,我给那个只发了一句"我可以提供情报"的短信的人回了消息。他很快就回复了我。我和他就这么来来回回发了一些消息。

对方不肯说出姓名,能提供的情报跟什么有关也不肯说。从他跟我联系的时机来看,应该是跟妃奈的嫌疑有关吧。而且,对方明确要求只告诉我一个人,不许外传。

从我的角度看,都是不利条件,说不定那条短信本身就是一个恶作剧,可我还是决定听听他要说什么,我现在也束手无策了。和渚两个人的调查都没有什么有分量的证据,还挨了金田手下一顿揍。这个人提供的情报说不定会对接下来的行动有帮助呢。

对方希望面谈,他所指定的地点是贝东车站前的KTV包厢。估计是想在一个不引人注意的地方谈吧。还让我用自己的名字预订包厢。

我故意比约定时间晚一会儿才到,在前台确认之后发现,对方已经在包厢里了。

到底是谁在那里等着我呢?我沿着狭窄的通道边走边想,却毫无头绪。难道是我去问过话的那些人中的某一位?也可能是根本没见过的人。如果是这样,那人是怎么知道我的电话号码的呢？

在道路尽头的一扇门前，我停下了脚步。轻轻敲了门之后，把那厚厚的门推开了一条缝，看到沙发上有一个大个子男人又开双腿坐着。

"欸？！"我不由自主地发出惊呼。

"进来呀。"

对方不怎么高兴地盯着我。

这个男人的态度就不能稍微正常点吗？我总是被他吓到。抛开这些不说，他说自己可以提供情报又是怎么回事？

我不知道该说些什么，呆呆地望着金田。

"赶紧进来，把门关上啊！"

看起来已经不耐烦了，他又催我进去。

我慢慢转过头去。

和拿着手机正在拍摄的渚四目相对，就连他都一副吃惊的表情。

"真没想到会是这家伙。"

这句话一说，金田也注意到我身后有人了。

"我们可不是这么说的。"他站起身来，"我没什么要告诉你了，我走了。"

"这可由不得你。"

渚从我身后走出来，故意挑衅似的把摄像头对准金田。

"我可一直在录着像呢。作为情报提供者，你和小林妃奈的姐姐见面的样子，如果放到网上去，不知道筑野 BAL 的名声会不会受影响呢？"

渚昨天晚上刚挨了一顿揍，眼圈还是黑的，但他这么一瞪眼，金田竟然不知道怎么回答。

跟所谓的情报提供者约好了见面之后，我左思右想还是告诉了渚。然后，我们在贝东站集合，渚决定跟我一起去见面的地方。他还说，只要偷拍了我和情报提供者见面的画面，局势就会向着于我有利的方向发展。

"不如，我们三个人，好好聊聊？"

渚推开了门，我们俩进入房间。金田则陷入了被动，只能重重地坐在沙发上，人造皮革的沙发在他屁股底下"嘎吱嘎吱"地响。

"没想到你是这么不择手段的人。"

我和渚在金田对面的沙发上坐下，他来了这么一句。

"我只是出于自我保护，和名字都不知道的陌生人单独会面太危险了。何况，这里坐着的人还是昨天晚上刚袭击过我们的人。"我带着讽刺的语气说。

"袭击你们，这是哪里的话？"金田皱起了他那剃得细细的眉毛。

"你那张野蛮人的脸装糊涂能骗得了谁？"隔着口罩都能看

出脸肿着的渚生气地说,"是你让手下人来袭击我们的吧?光派那种小虾米,根本不够我收拾的。"

这种时候还要逞强,我是搞不懂渚了。

"别误会,我真的不知道。"

金田的回答让我更搞不懂。

"你们什么时候被袭的?"

"就在小林跟铜森搭话被你赶走之后没过多久。"

金田稍微沉默了一会儿说:"一定是那个家伙!"说着还仰头叹了口气。

"你是妃奈的姐姐没错吧?"他又把视线转向了我。

我点点头,不知道他为什么会对妃奈直呼其名。

"我会把知道的全都告诉你。作为回报,你们也停下手中的调查吧。"

"这是什么话,凭什么要听你的?"

渚还想说点什么,被我制止了。

"先听听他要说什么吧。"我看向金田。

金田还是用那般锐利的目光盯着我,表情毫无变化。看起来他是认真的,他昨天晚上确实没有让人袭击我们。

我示意他继续说。

他的声音跟长相相反,微弱到快听不清说什么了。

"听了你刚才说的,我终于确信了。再这么下去,你这小命就危险了。"

金田从自己的身世开始讲起……

"你在筑野到处打听是吧？明白什么是水沟镇吧？"

我摇摇头。但是在他解释的时候，我渐渐明白了，应该是调查过程中经过的一处。去往超市的途中要经过一座大桥，在过桥的时候，我发现两侧的河岸有很多简易房，他应该指的是那里吧。

"水沟镇里住的都是没有固定职业的人，可以说是筑野最贫穷的地方。我和一星就是在那里出生长大的。"

金田拓也和铜森一星因为出身于水沟镇，在筑野貌似受尽了歧视。

"没有钱，在学校，同学们也嫌我们脏，那时候过得可真惨啊。不过，我还算好的，一星在家还常被打。"

历尽艰辛终于高中毕业了，可两个人无论是学费还是学习能力，都不足以上大学，也找不到工作，两人决定自己创业。他们暗暗发誓，以后有了钱，一定要走出水沟镇，反过来嘲笑那些看不起他们的人。

以铜森为创始人的筑野 BAL 虽然成功开业，但最开始的十年是举步维艰。水沟镇出身这一点让他们到处碰壁。无论是筹集资金还是采购食材，与人打交道都非常不顺，店里也没什么客人。

筑野的人仍然看不起铜森和金田，但铜森坚持先在本地打出名号。他到处走访各色人物，接连向几十个人不断地低头恳求。即便如此，也没能让生意步入正轨，铜森和金田渐渐陷入了绝境。

也正是在这种状态下，两人遇到了妃奈。

妃奈高中一毕业就从叔叔家搬了出来。当时，她刚入职贝东市的生命保险公司，每周末还会回筑野。不是因为思乡，而是作为保险推销员，要完成配额。她见初中和高中的同学，也是为了劝他们买自己公司的寿险。在聚会上，总是劝别人买保险的妃奈，渐渐被朋友们疏远，在筑野陷入了孤立无援的境地。

铜森、金田和妃奈是高中校友，虽然年龄差了不少，但在当地都是被孤立的可怜人，可能因此气场相合吧。

"每次妃奈回来，我们都找她一起吃饭。虽然没钱，去的都是便宜的店，但我们当时真的很开心。"

渐渐地，铜森和妃奈开始交往了。与此同时，铜森也买了寿险。

"不是妃奈推销的，是铜森为了妃奈买的。虽然没钱，他却想在女朋友面前耍帅。这种事，我知道得一清二楚。"

买保险的事，貌似铜森也都跟金田说了。

"把保险金的受益人写成妃奈也是铜森的主意。有在女朋友面前装酷的因素，还因为铜森恨自己的父母，想到自己死后父母会有钱拿，他无论如何都无法接受。"

我心里悬着的大石头终于落了下来,安心地闭上了双眼,我心想果然妃奈的嫌疑是无稽之谈。

但过了几秒后,心中就生起了疑问,我睁开双眼说:

"铜森在网上接受采访的时候可不是这么说的啊。"

他可是说,自己在毫不知情的情况下买了寿险。而且,直到看到合同后,才知道受益人是自己的女朋友。

"看来他撒了谎啊。"渚说。

我遭那么多罪都是拜他这番谎言所赐。

金田没有接话,我也按捺住了继续质问的冲动。

"那时候还是很快乐的。"金田继续说,"后来,我们就没办法像一开始那样经常和妃奈一起吃饭了。发生了一件很麻烦的事。"

说是他们信赖的一名员工卷钱跑了,金额对铜森来说是巨大的,已经对公司造成了致命的打击,铜森甚至想上吊一了百了。"我虽然没想过寻死,但也觉得完蛋了,绞尽脑汁也想不出怎么挽回损失。每天负债都在增加,作为创始人的一星彻底丧失了斗志。绝望的时候,我心想,水沟镇出身的我们真的要烂在臭水沟里了吗?"

不过后来,筑野 BAL 总算是熬了过来。一度想放弃的铜森红了眼,拼命地找,终于把卷钱逃跑的员工给找了出来。

"员工卷钱逃跑把我们逼入绝境,不过我们想尽了办法,最终找回了比原来丢失的还要多的钱。凭着这笔钱，筑野 BAL 起死回生了。不久后，我们还上了电视新闻节目，餐馆也开始步入正轨。"

当然，用了什么手段收回了超过丢失额的巨款，金田没有细说。看着他那阴暗的表情，我也开不了口。

"后来就跟上台阶似的，越干钱越多，就连睡觉的时间都没有，每天都特别充实。只是有一件事我一直想不通。"

一度心如死灰的铜森，突然像变了一个人似的燃起斗志。如果没有他的坚持，筑野 BAL 是不可能成功的。

因此，有一次两人一起喝酒的时候，金田就问了，铜森也对老伙计坦白了。

"多亏了妃奈，我在她面前这辈子都抬不起头来。一星这么跟我说。"

被员工卷走了钱陷入绝望的铜森把自己的苦恼跟妃奈说了。妃奈各种安慰，劝他不要想不开。

但一般的安慰怎么能动摇铜森的念头呢？于是，妃奈就想了一个有些极端的激励方法。

"实际上，你才买了寿险啊。我们公司可是明文规定，两年之内自杀的话，是不会赔付保险金的。你是为了让我高兴才买的保险吧？所以，请再坚持两年吧，想想两年后我们的生活会怎样吧。"

这种话激发了铜森的斗志，他发誓，无论如何这两年之内也要拼命活下去。

实际上只过了几个月，危机就化解了，成功不期而至。

"可能跟喝了点儿酒有关吧，铜森说这话的时候眼里含着泪。所以我当时想，这家伙以后肯定会跟妃奈结婚吧。但是，那之后不到一个月，两人就分手了。好像是一星出轨造成的。"

"……"

"出轨的对象是一个靠炒股赚钱的女人。靠她投资失败之后，两人就分手了。一星俨然成了赚钱的机器人，不能帮他赚钱的女人就没有交往下去的意义。妨碍他赚钱的东西，他会不择手段地排除。事业的扩展方式也渐渐没了人情味儿。

"周围的人都说他是成功之后人变了，我却不那么认为，那家伙从很早之前就是个危险分子。

"小时候，有一次我因为很小的事被他惹到了，就胖揍了他一顿。一星一声不吭，一直忍着。就算周围的人嘲笑他，就算被父母打了，他都一直忍着。我当时就有一种不好的预感。从那时起，一星的眼里就只有两件事，金钱和复仇。"金田皱了皱剃得细细的眉毛，斟酌着每一个词，"一星想要很多钱，不是为了过上富足的生活，而是把钱当作复仇必备的工具。所以，他才那么执着于在筑野本地开店。现如今，筑野的大多数人都承着筑野 BAL 的恩，对一星是绝对不敢忤逆的。就连亲生父母，那么虐待他，他还是给他们建了别墅。对那些揍过他的人，他没有打回去，而是微笑着用钞票的能力来影响他们。这可比暴力可怕多了。"

我去筑野走访的时候，人们对铜森赞不绝口，对妃奈则恶语相向。原来不是因为他们恨妃奈，而是因为惧怕铜森。

"我也不是完全不能理解一星的想法，用钱去报复那些人，我觉得没什么，但是看了之前他接受采访的画面，我惊呆了。他竟然说自己差点被妃奈骗了，这不是胡说八道吗？把妃奈和一星的照片放到网上的也是一星自己。看到妃奈和别的男人有了保险金欺诈的嫌疑，他便想着蹭一次热度。这一切都是为了提高筑野BAL的知名度。但是，这么做是不对的。"金田摇了摇大大的光头，"这是无论如何都不能干的，妃奈和筑野的其他人不一样。她挽救了我们，怎么可以诋毁她？我劝过铜森，但他根本不听，反而变本加厉。现在，作为妃奈姐姐的你又跑到筑野BAL总部，我觉得这相当危险。"我终于明白了金田想说的事，"一星之所以说自己差点遭遇保险金欺诈，并炒作这件事，是因为听说妃奈遇害了。死人是不会开口的。但是，你这个姐姐提出了异议，并开始独自调查。如果被一星知道了，他肯定会想方设法地摧残你。作为姐姐，你可能是知道真相的。就算不知道真相，在调查中也可能发现一星撒谎的证据。如果露馅了，一星和筑野BAL的口碑都会一落千丈。他可不会眼看着这种危险存在还无动于衷。"

"所以，你才从中作梗，不让我和铜森见面，是吗？"

"我只是想不能让妃奈的姐姐也被害了。这不是吓唬你。可是，你根本不听我的劝告，甚至还埋伏起来突然上前跟铜森搭话。那时候，我真是吓破了胆。一直以来，有我在中间，一星甚至都不知道有你这么一个人。我虽然极力把一星拉走，但是已经晚了。后来，你们就遭到袭击了吧。"

"那袭击我们的莫非是……"

回想起那天，在他们公司总部前见面的时候，虽然是不期而遇，铜森对我突然找他搭话也是非常客气。直到被金田催着塞到出租车里，他都是一副要认真听我说话的样子。

"最近，我听说铜森除了我之外还雇了别的保镖，让他们背地里干一些自己不方便出手的事。可能是觉得我处理矛盾的时候下手太轻了。所以，在遇到你之后，铜森就在出租车里联系了那些保镖，命令他们让你吃点苦头，给你点教训。这么下结论或许有些草率，但也只有这么一种可能。"

袭击我和渚的那群歹徒，不是金田的手下，而是铜森派来的。

"这样下去，你不放弃调查，还继续主张妃奈是无辜的，一星接下来的报复可就不是吓唬吓唬那么简单了。那家伙已经被金钱冲昏了头脑，恩情道义早就彻底忘光了。我现在已经完全管不住他了。"金田还是那副凶巴巴的样子盯着我，"所以说，虽然对你不公平，但还是请你收手吧，算我求你了。"

他突然把双手放在桌子上，做出恳求的样子，吓了我一跳。

"这我就不明白了。"渚替我开了口，"你这种两边都不得罪的态度很奇怪。你明知道小林妃奈是无辜的，铜森已经丧失了理智，那你为什么还在他手下工作？同时，还把真实情况告诉我们。你到底想干什么？"

"妃奈对我们有恩。"金田静静地回答，"妃奈是个非常善良的姑娘。和我们认识之后，她每次回筑野都会到我妹妹那里，约我们吃饭的时候也都叫着她。我妹妹和妃奈同岁，天生就有智力缺陷。"

啊，我心里闪过一个画面。

莫非是，真子小姐？

我想起来了，在筑野的大型超市，有一个这样的姑娘跟我打招呼。她管我叫妃奈姐，还挽着我的胳膊要我跟她一起玩儿。跟她分开不久，我就撞到了金田，被他吓了回来。

"是不是那家超市里，穿着粉色连衣裙的女孩？"

"啊，连衣裙啊，很适合她吧？真子一直想穿，我就在她生日那天买了一件送她。"金田稍稍舒展了眉头，眼睛深处泛起一丝柔情，"真子出生于水沟镇，又因为天生有智力缺陷而被歧视，谁都不乐意跟她玩儿，只有妃奈真心实意地对她，跟她一起玩儿。对真子来说，妃奈是她交到的第一个朋友。跟一星分手之后，妃奈虽然不常回筑野，却隔一段时间就跟真子通个电话，直到她被害。"

虽然是第一次听说，但我脑海里立即能勾勒出妃奈做这些事时的身影。

"我不想忘记这份恩情，而且你因为妃奈的嫌疑而被各种骚扰，我也觉得有必要告诉你真相，妃奈是无辜的。"说完这些，金田又恢复到原来那副样子，"不过，这些话我只对你一个人说，不能当作什么证词。跟你接触这是第一次，也是最后一次。我这辈子都决定跟着一星干了，我会一直支持他把事业发展壮大下去。"

我想起了在超市碰到的真子，以及感觉像是她母亲的妇人。两个人都打扮得很得体，金田一定在生活上把她们照顾得很好。特别是真子，他应该会照顾她一辈子吧。为此，金田也需要很多钱，他也只能继续在铜森手下工作才行。虽然金田嘴上没说，但也不难想象。

"所以，你希望我们就算知道小林妃奈是无辜的也不要声张？"渚再次插了一嘴，"你这么做也太自私了吧？铜森为了提高筑野BAL的知名度撒了谎，却把我们推到风口浪尖。你知道我们遇到多少麻烦吗？你这些话要是不公开，麻烦是不会自己消失的。小林妃奈的本性也会一直被世人误解。"

"我知道。"金田喘着粗气说，"这只是我个人的请求，反正你一直在录着音吧。"

一语中的。渚虽然关掉了手机摄像头,但录音笔一直开着,就藏在衣服兜里。我虽然说过没必要,但渚说这么做是为了自保,没有让步。金田说的话,应该都被录下来了。

之后,就算金田不承认,我只要把录音公开,妃奈的嫌疑就会解除,人们对她的看法也会发生转变。但是,铜森的"人设"崩塌是不可避免的了,对筑野 BAL 也会造成巨大的影响。而作为叛徒的金田一定会被扫地出门,甚至遭到更狠的报复。

"你们接下来怎么做我无法阻止,但如果把我的话公开,我也就完蛋了。"金田从沙发上站起来,"不过我是相信你的为人才告诉你这些的,因为你是妃奈的姐姐。"

金田的语气有种解脱了的感觉。

十四

金田走后,我呆坐在包厢里。

身体已经动不了了,手指和脚趾的感觉都很模糊。

妃奈,果然还是我心中的那个妃奈。

她没有欺骗过铜森,不是为了骗保才让他买寿险的。不仅如此,她还从精神上拯救了自己的恋人,并将他的人生导向了成功。后来,面对铜森的背叛,她也没有要求什么补偿,而是选择安静地离开。现在看来，是铜森成功之后变了心，她只是被其花言巧语欺骗了。这才是我印象中的妃奈啊。

而且，她另一个交往对象川喜多的疑团也解开了。从金田的证词中不难推测。

与铜森的交往，让妃奈发现了一个不同寻常的鼓励他人的方法。

渚曾经说过，妃奈和川喜多刚交往的时候，作为大厨的他陷入了经营的困境，不止一次考虑过关掉自己开的店。失落的他，很可能也跟自己的恋人表达过想自杀的念头吧。

而当时，妃奈一定是想到了跟铜森交往时的成功经验。

——请为了我再努力坚持两年吧。

可能是为了让这种激励更有实感，妃奈才劝说川喜多买寿险，同时也能提高自己的业绩。

当然，主要还是为了让恋人摆脱自杀这种危险的念头吧。不管怎么说，两年这种带有具体期限的暗示是有效的。两年后，就算经营状况没怎么变好，其他方面也会有所改变，那时候估计也不会有自杀的念头了。

而把受益人写成妃奈的理由，我也能想到几个，川喜多没有可以作为受益人的直系亲属，父母双亡的他也没有兄弟姐妹。而且，他当时可能也考虑过以后会和妃奈结婚吧。

妃奈只是想让绝望的川喜多振作起来，跟铜森那时候一样。

而且，寿险的合同，两年后，川喜多的危机解除了的话随时可以解除。两个人如果结婚了，继续上着保险也划算。

实际上，川喜多和妃奈交往之后确实变得积极了，这一点有很多人可以做证。他一心想着重振旗鼓，根本没时间考虑自杀的事。

如果照这样发展下去，妃奈应该很开心吧。要是她能和川喜多一直幸福地生活在一起，该多好。

但两人才交往了半年，川喜多就意外身故。

妃奈突然失去了恋人，而且他的死亡不是自杀，而是失足坠崖这种意外，她只能收下那笔三千万日元的理赔金。

这不是妃奈的本意，她和川喜多交往的目的也不是世人谣传的那样——为了骗取保险金。这种结果让她很内疚，就连我这个姐姐都没有告诉。虽不是她本意，但又无法证明……

"喂！"

旁边的声音将我拉回了现实。

我一看是渚，我已经彻底忘了他还跟我坐在一起。他已经默默地给了我很长的消化时间了吧。

"好像有什么声音在响。"

渚指了指我的拎包，我也注意到那是我的手机在振动。赶紧拿出来一看，发现是一个陌生号码打来的电话，还是个座机号码。难道是刚走的金田打来的？我接起了电话。

"请问,是小林美樱女士的手机号吗?"

一位女士非常正式地在电话另一端问。

"是的。"

"我是风之子育英财团的。"我第一次知道还有这么一个财团,"因为小林妃奈女士的紧急联系人写的是美樱女士,我才给您打电话的。"

"欸?"

对方听出了我的疑惑,尽量简洁地解释了一下。

"啊,原来是这样啊,好的……好的……我明白了,谢谢!"

基本上是对方在说,我只是在应和。电话就这么结束了。

我轻叹一口气,把手机放在桌子上,发现渚正用好奇的眼光看着我。我用发颤的声音告诉他:

"妃奈拿到的川喜多的保险理赔金的去向终于搞清楚了。

"三千万日元,全都捐了,捐给一个帮助失去双亲的儿童的慈善机构了。刚才的电话,就是这个机构定期向捐赠人汇报的电话。妃奈已经不在了,他们就找到了我这个妃奈指定的紧急联系人。"

说完这些,我发现自己浑身都在颤抖。

川喜多案的疑点虽然还是没有明确的证据表明妃奈是无辜的,但毫无疑问,我的妹妹不是那种会伤害他人的施虐者,甚至直到生命的最后都是心存善念、关心弱小的人。如果不是这样,怎么会把那么多钱都捐出去呢？那些失去父母的孩子跟父亲被杀之后的自己境遇是多么相似，她当时肯定是这么想的吧。

身体已经承受不住情绪的汹涌，马上就要"决堤"了。我不由自主地把手隔着口罩放在嘴上，强忍着不哭出声来，视线却渐渐模糊。我可不能让人看到这副样子。

"对、对不起。"

我站起身，渚则默默点点头，与我错开身。我冲出包厢，跑到楼道尽头的洗手间。在无人的洗手间里，我双手支撑在洗手台上。

"呜……"

在没有人的地方，我再也控制不住，哭出了声。

妹妹不是世人所说的那种恶人，她不是那种施虐者。

太好了，真是太好了。

原来不只是我一个人被欺负。

"呜呜呜……呵呵……"

还有妹妹跟我一样悲惨。

"呵呵、呵呵呵……"

我咬着嘴唇，笑得停不下来。

人生可真是起起伏伏啊。

为什么我要遭受那么多不幸？

不管怎么想，我的人生从小就比别人悲惨，痛苦和哀伤也太多了。但那些痛苦和不甘，一想到有人分担，不知为何就变得淡了些。

不幸的人不止我一个。

被杀了父亲的不止我一个，被母亲抛弃的也不是只有我，妹妹妃奈也是一样的。

我们无法对发生在自己身上的灾难做出合理的解释，但有一句话可以让慌乱的心接受现实。

"我们出生在同样的星空之下。"

宇宙中散布的星辰分为能发光的幸运星和只能反射光的灾星两种，用人来解释，就是施虐者和被虐者。

而我和妃奈，都出生在不幸的星空之下。不，应该说我们全家都差不多是这样的。

我们小林家总是处在被虐待的一方，这就是命运，是无法改变的。

不知道为什么，我这么想的时候，情绪就稳定了下来。

也正因如此，我才和妃奈一直保持着联系。虽然我们很小就分开了，也并没有多么亲密，但我们还是约定每年见上几次。提起近况，我和妃奈都过得又穷又惨。每次听她诉说自己在生活上的不如意，我那冰冷的心都会渐渐暖起来。

意识到自己还有一个境况相似的血亲，就不会绝望，勉强能活下去。就算出身不好，就算父亲被杀，就算颠沛流离，就算这回妹妹也被杀了。

所以,妹妹的身份如果发生了改变,我是无论如何都无法接受的。

虽然妃奈被杀的事让我很难过,但我们的身份是没有变的。我们都是被虐者,这一点没有改变。

可是,一旦妃奈做出了杀人骗保这种事,就完全不同了。

那样的话,妃奈就抛下了我,变成了施虐者。

一想到她暗地里算计别人,一个人用骗来的钱偷偷享受生活,我就无法接受。相比之下,默默承受他人践踏和侮辱的我岂不是太惨了?这种事怎么能忍呢?

所以,我才拼命想证明妃奈的清白,想把妃奈拉到我这边,不愿看到她跑到对岸。否则,我就真成孤家寡人了。

脸都快贴到洗脸池的台面了,我擦了擦眼泪。笑得太狠了,眼泪都出来了。

如今洗刷了妹妹的嫌疑,我的心终于回归了平静。妃奈果然和我是一样的人啊。而她被打造成恐怖的坏女人的形象,不正是那留不住的恋人和污言秽语的愚蠢世人伤害她的证据吗?

生前,不顾自己贫困的生活,把偶然所得的巨款全部捐献给帮助孤儿的福利机构,这种做法只有被虐者才会想到吧。她还困在父亲被杀造成的不幸往事中。而且,她的善举几乎无人知晓,我的妹妹到死都没有改变本性。而被夺走生命,不正是最大的欺凌吗？

"呵呵呵呵呵……"

我擦了好多次眼角，那种微弱的电流般的愉悦的麻痹感，在我得知了妹妹的本性后一直在我的神经上乱窜，我感受到了幸福的滋味。

回到包厢，坐在沙发上的渚抬头看我。

"平静点了吗？"

我点点头，坐在沙发上。

"终于真相大白了啊。"渚感慨良多地说。

桌子上放着和金田面谈时，他藏在口袋里的那支录音笔。

"剩下就是怎么公开金田讲的这些了。"

"要公开这些吗？"

"那当然，这可是证明小林妃奈清白的证据啊。还有刚才打给你的电话里说的，我们也一起公开吧。这虽然不是解开川喜多案疑点最直接的证据，但跟小林妃奈在人们心目中的形象有关。人们的看法肯定会有所转变。到底交给哪家媒体好呢？"

渚边说边皱起眉思考，好像注意到了我微弱的反应。

"怎么了？"

"没什么。"

"莫非，你要为了金田保持沉默？"

"怎么说我也是答应过的。"

"我说,你没开玩笑吧?"渚的脸变大了,因为他朝我挪过来了,"你知道不知道,如果不公开金田说的,人们对小林妃奈的误解是不会消除的。你妹妹会一直被人当成杀人骗保的嫌疑人看待。当然,你也会一直被当作罪犯的姐姐看待。为了金田,这些你都打算忍下去?做好人也得有个限度吧。"

渚"腾"地站了起来,我却一脸平静地看着他。

我不是滥好人,只是我内心已经满足了。

我已经确认妃奈不是施虐者,这就已经足够了。渚一开始合作时就主张公开真相,我当时也觉得应该那么做,但如果告知我真相的金田恳求我保持沉默,那不公开我也能接受。

当然,妃奈还是会继续被误解,这也会让我一直受到不良影响。但是,从大的方面来讲,我已经释然了。这种误解造成的不幸,也是我们家族遭受灾难的一部分吧,这是无可奈何的事。我能想通,父亲被害的时候,周围的人就没少对我们指指点点。

我沉浸在虚无的自我满足之中。

渚却如当头棒喝一般地指出:

"我说你啊,不会忘了最关键的问题吧。杀害小林妃奈的凶手还没有找到吧?我们知道的这些如果公开,说不定能帮警方找到凶手呢。"

果然是一语惊醒梦中人,我光顾着洗刷妃奈的嫌疑,完全没想过这么重要的事情。是的,凶手至今还没有被抓到呢。

世人恐怕会认为为了骗取保险金不惜出手杀人的妃奈是罪有应得。如果被证明是清白的,这种推想就不成立了。

不过,从某种意义上说,这跟我没关系。

虽然妃奈被杀很可怜,但这也是她一直被虐待的人生的一部分。被有了钱的铜森抛弃,和深爱的川喜多天人永隔,妃奈就是这样的命。

而我虽然和她一样命不好,走的路却完全不同。自从父亲被害之后,我们姐妹俩一直是分开生活的。近些年,虽说我们都搬到了贝东市,但一年也就只能见几次而已。也就是说,我们俩的生活环境截然不同。因此,妃奈的事件让我卷入什么旋涡的可能性很小。只要没有那种危及生命的状况,搜查杀妃奈的犯人这种事,还是跟父亲被害时那样,交给警察吧。

"你是认真的吗?"渚生气地说,对于追求真理的他来说,公开调查清楚的真相是理所当然的,"好好想想,别因为一时同情就心软……"

电话的振动声响了起来。

渚一屁股坐在沙发上,没好气地说:

"电话。"

我拿出刚放进包里的手机查看,确实是我的手机在响。平时,我几乎不跟谁打电话,今天是怎么了,这都是第几个电话了？来电的是一个陌生的外县号码。不会又是风之子育英财团打来的吧？

我背对着面露凶色的渚，接起了电话。

"请问，这是小林美樱女士的电话号码吗？"

对方问了十分钟之前一模一样的问题，但是跟刚才不同，声音是一个上了年纪的男人的。

"是的。"

"我啊，是B县警视厅B署的岛崎。"

B县警视厅？我从来没去过B县。远在天边的B县的警察，怎么会知道我的电话号码呢？

在确认了是我本人之后，岛崎立即进入正题。

"是这样的，我们上周在B海岸发现了一名女性的尸体。"

"欸？！"

这种事的发生，我是完全不知道的，因为没有订报纸，每天网上的新闻多得读不过来。

虽然隔着电话，说的也是业务上的事，但岛崎有些欲言又止地说道：

"通过DNA鉴定，我们确认了尸体的主人是您母亲宽子。"

欸？！感觉自己的声音不知道掉到身体的哪里去了。

十五

回程的天空没有月亮。

取而代之的是头顶一片繁星，发出针尖般的微弱光芒。

真漂亮啊，佐神看呆了。他像个孩子一样开心，边走边跳。

他现在已经不叫佐神了。事件发生后，他就改成了母亲的姓，再加上最近又买了一个户口，他现在已经是一个完全不同的人了。

但是，在内心深处，他还是当时那个佐神，没有一丝丝改变。

随着身体的跳跃，他的脑子里又在播放着那个旋律。

——喊哧咔嚓，喊哧咔嚓。

一年三百六十五天，佐神心里的那个念头从未离开过。"喊哧咔嚓"地挥刀砍人，就是他活着的价值，是他的全部。

脑子里突然浮现小林恭司的脸，那个经营着一家西餐馆，围着一个沾了些许污渍围裙的中年男人。第一次看到他时，觉得这家伙再普通不过了。没想到他会成为脚镣，让自己失去了十年的自由，真是世事无常啊。

像是要夺回空白的十年，佐神在夜路上向前疾驰。

他只有一次后悔杀了人。

就是第一次。

他第一次杀人时刚刚十岁，从自家的仓库里拿出短刀，砍向自己的母亲。

这是他想了很久之后第一次付诸实践。

之所以选择短刀作为凶器，是因为那是自己家里能找到的最大的刀了。把目标定为自己的母亲，则是因为她离得最近且毫无防备，比起父亲的力气也小得多。

在面向悬崖的自家庭院里，瞅准了只有两个人在的时机，佐神突然挥舞着短刀向自己母亲冲了过去。但是，接下来，那种坚硬的手感让他糊涂了。

竟然砍不动！

可能是因为没有想清楚就贸然行动，刀尖正好刺到了骨头。不管怎么使劲推，刀尖都没办法深入分毫，根本就不能"扑哧"一下刺穿身体。

不仅如此，把刀从母亲身体里拔出来还喷出大量的血液。

连躲的时间都没有，溅了一身，他发出悲鸣！热乎乎、黏糊糊的液体粘在皮肤上真是让人受不了。武士"喊哧咔嚓"地不管砍多少人，浅黄色的猎衣不都是清爽地迎风招展的吗？

而且，母亲的叫喊声和反抗也非常激烈。武士砍人基本上都是一刀毙命，对方只是短促地闷哼了一下就倒地不起，他母亲却不是这样的。光是按住她就已经筋疲力尽了，根本不可能像武士那样潇洒地在人群中进进出出。

佐神浑身是血和汗，他用短刀一边砍，一边推，把自己的母亲推落了悬崖。

她的死亡被当作跌落事故处理了，完全是运气。

佐神小时候生活的地方是沿海的农村，人迹罕至，民房之间的距离也很远。因此，他杀人，谁也没看到。而且，当时正在涨潮，佐神把他母亲推到海浪里，也导致了尸体被发现得比较晚。可能身上无数的伤痕已经无法分辨是怎么造成的了吧，警察早早就下结论说是意外死亡。他们根本没有怀疑佐神，还觉得这个幼年丧母的孩子可怜，不住地安慰他呢。

然而，这些并没有让佐神好受。母亲死后，他陷入了深深的悔恨和愤怒。他责问自己：

为什么不能像武士那样漂亮地砍人呢？

可能只是被想成为武士的想法冲昏了头脑，没有学习相关的知识，也没有制订计划就贸贸然地砍向了母亲。自己真是太天真了，就这么浪费了好不容易才得到的一次砍人的机会。

佐神不住地告诫自己，再也不能干这么愚蠢的事了。

下次一定要做得完美！

不，一两次可不是什么本事，我要像武士那样，生命不息，斩杀不止。佐神认真地制订着计划。

虽说如此，也不能看谁不顺眼就随便挥刀相向吧。他的忍耐力很强，因为知道在现代日本社会，连续杀人比登天还要难。

但这并没有让佐神收手，就算因小林恭司之死遭到警方无休止的盘查和周围铺天盖地的指责，他也都忍过去了。

而就在四个月前，他终于迎来了新生活。

心跳得很厉害，后背渗出很多汗水，但佐神没有停下。这双脚只要一直跑，不管哪里都能去了。只要张开嘴用力吸，新鲜的空气就会源源不断地进来，真是太开心了！

我，现在，自由啦！

他换个姓名，通过整容手术改造自己的脸，安个新家，开始新生活。这一切都是他在牢笼里早就想好的计划。现在，只是一步一步按照计划推进而已。

远处的夜空中繁星闪烁，真漂亮啊。

自己成为一名武士，想砍谁就砍谁，这样的世界将是多么美好啊。

第二章

泛着寒光的刀尖刺中目标，出手就是全力。看着因痛苦而扭曲的表情，心想着还不够，还远远不够！

一

手上的这种分量我是熟悉的。

我低头看了一眼手中的骨灰盒，和不久前收到妃奈的骨灰差不多。成年女性的骨灰大概都是这个重量吧。或者说，骨灰盒能容纳的分量是有限的。

迷迷糊糊地琢磨着这些小细节，我把骨灰盒放在邻座上。朝阳已经高高升起，透过车窗照在我和已经成为骨灰的母亲身上。

从现在开始的几个小时里,我要带着骨灰盒倒几次车,从 B 县返回贝东市。

母亲的遗体在 B 县的海岸上被发现还是十天前的事,遗体上什么东西都没有带,附近也没有谁发寻人启事。为了查明身份,警察进行了 DNA 鉴定。父亲被杀的时候,我们全家都提供了 DNA 样本,这才确定了遗体的身份。我收到警方的电话后,立即赶往 B 县。

没有给母亲举办葬礼。我在 B 县人生地不熟的,母亲在当地有什么认识的人我也完全不知道。我只是去警察局办了个遗体接收手续,然后去她住的地方整理了一下遗物。和妃奈那时候差不多,大致的流程我已经知道了。

从警察那里接收母亲遗体的时候,我第一次知道消失了的母亲这十年来的一些情况。

父亲出事后,母亲抛弃了我和妃奈离开了那见市。最开始的两三年,她换了好几个地方生活。她工作过的每个地方都是小吃店或者酒馆,她靠打零工维持生计。父亲的事件发生后,媒体曾经报道过母亲婚前当过吧台小姐,没想到还真是这样。

在大约一年前,母亲来到 B 县的一个海港小镇,在一个小吃店打工。

在警察带我去她住处的途中,我还正好看到了那个小吃店。店铺小小的,那长年暴露在海风中的外墙已经发黑。周围还堆了不少垃圾袋，立式电子看板已经开裂，都能看到板里的灯泡了。可能到了晚上看起来会好一点？白天看上去就是一个荒废的破房子。

母亲住的小公寓也类似，建筑物的室外楼梯已经布满了深褐色的铁锈，脚踩上去都害怕。开间里摆满了东西，快递的空箱子堆了很多层，都很重，收拾起来相当费力。也没怎么打扫，到处都是头发——是那种染了无数次、已经快透明了的棕色头发，很多头发前端还分了好几个叉。母亲貌似就是在这里生活的。

我几乎花了一整天才收拾好。在她的遗物中，和我们一家人有关的物件一个都没有。我在她房间里的时候，感觉是在一个完全陌生的人家里出席葬礼。

默默地整理着母亲的遗物，我终于确信了一件事：

果然，我们一家都是出生在同一片星空下的。

但是，我现在却高兴不起来。

整理母亲的遗物一直忙到半夜，只能在B县住一晚。第二天一早，我就出发了，像是要逃离母亲亡故之地似的。

母亲被冲上海岸的尸体被发现时腹部有穿刺伤，警方判断死因不是溺水，可能是他杀。不过，犯人是谁却毫无线索。

几乎和妃奈那时候一样。

妃奈的事件，我觉得跟自己没关系，怀疑是她个人的原因引起的。

但是，妃奈死后刚过了几个月，母亲就以同样的方式被害，我就不得不怀疑两者的死亡是有联系的了。

而且，十年前杀害我父亲的佐神，至今还不知道身在何处。

以前，我跟渚说过一嘴，如果这次的事件是佐神做的，那么他和我们家一定是有什么瓜葛。如果那个男人一再地杀害我们家人，那我这个小林家唯一存活的人，很有可能早晚也遭遇妃奈和母亲那样的灾难吧。

真是让人绝望的念头啊。虽然我的人生已经够不幸的了，但我也无法接受自己被杀掉的命运，不要啊！光是想想就不寒而栗。

为了压住内心的寒冷，我把邻座的骨灰盒端起来，想抱抱至亲的遗骨。但那里没有活人的温度，只有一堆无机物，传过来的也只是冰冷的感觉。这更让我害怕了，被佐神杀害变成一盒无机物这种事，绝对不能接受！

说到底，为什么佐神会盯上我们一家人呢？完全搞不懂。

不只是我，我们全家有一个算一个。

我们和佐神之间什么关系都没有。他因为杀害父亲被抓后，我才第一次知道有这么一个人。我们也不可能在什么都不知道的情况下把他得罪了吧？

本来，佐神说杀害父亲的理由是"想杀个人试试"。他杀人的动机不是仇恨，只是猎奇而已。如果是这样，那他选择下一个目标的时候，怎么会执着于我们小林家的人呢？看来，觉得佐神会盯上自己，是我想多了。

换了电车，终于在中午之前到站了。到的不是离我家最近的车站，而是大学前站。今天只请了半天假，下午还要上班的。虽然是至亲遭遇不幸，但作为派遣员工，连续请假也不好。

在车站的储物柜里放好行李，我就走了出来。道路两边那仿佛路标一样的树木，叶子几乎掉光了。

沿着长坡往下走，我的精神逐渐紧绷起来。学校正门附近会不会还是有一堆记者在蹲守呢？

但事实证明，我是杞人忧天了。大学门口还是跟往常一样平静。我松了一口气，肩上的压力也卸了，至少我现在不用再害怕媒体了。

世人炒得沸沸扬扬的妃奈骗保的事，这几天突然消停了。

不是因为我被渚说服，打破了和金田的约定将他讲的内容公开了，而是这世间的舆论突然变了向。

起因是我的母亲小林宽子的死。

母亲被杀的消息被警方公开之后，人们立即就知道了她是小林妃奈的母亲。而周刊 *REAL* 也报道了过去父亲的案件，以及杀人犯佐神不知所终等。

不知不觉间，世人开始怀疑，妃奈和母亲的事件会不会是佐神干的。如果是这样的话，妃奈骗没骗保就是次要的了。

而且，风之子育英财团也前后脚地将妃奈捐款的事公之于众。不是我要求的，而是财团方面看到妃奈陷入了骗保的疑团主动跟我提出的，因为没有涉及金田，我当然是同意的。

随着一系列的信息公布，世人对妃奈的怀疑渐渐消除。因恋人的死所获取的保险金能全捐出去的话，妃奈骗保以及杀人的动机就完全不成立了。舆论的风向一转，开始支持妃奈以及我们家人了。

网上也像是什么都没发生过一样，没有人再议论妃奈骗保的事了。与此同时，对我的采访也就没有必要了。现在大学门前，只有一些吃完午饭悠闲散步的大学生。

看起来，我已经回到了原本那种普通的生活了，如果没有佐神的话。

我深吸了一口气，没有证据表明佐神对我有杀意，负责妃奈和母亲案件的警察也没有这么说，而杀害了两人的凶手是不是佐神谁也不知道。过度的担忧对自己来说一点好处都没有，还是先把手头的工作做好再说吧。

跟打扫落叶的工人打了个招呼后，我穿过校门向教务楼走去。我先在办公室旁边的鞋柜那里换鞋，打开写着我名字的柜门。因为想着后面的工作，我没仔细看里面就把手伸了进去。

指尖传来的触感，不是平时那双拖鞋的，而是毛茸茸、冷冰冰的什么东西。好奇怪啊，我往鞋柜里一看。

然后，我就发现柜子渐渐"长高"了。

"小林？"

循着这耳熟的声音，我转过头去，看到了同事鹿沼的脸。

"你怎么了？"他靠了过来问。不仅是鞋柜高了，鹿沼也变得特别高。我才发现是自己腿一软，瘫坐在地上了，好像还惊叫了一下。这才引起了鹿沼的注意。

"是哪里不舒服吗？"说着，他好像也发现了端倪。

"欸？！"

我的鞋柜还是开着的，从里面冒出的两根棍子一样的东西显得特别扎眼。他好像还不知道是什么，我却一眼就知道了，那个颜色、形状，还有那种气味。

这时，可能是因为门被打开了，里面的东西失去了平衡，"骨碌"一下滚到地板上了。

"哇——"鹿沼条件反射地向后跳了一步，终于看清了那东西的真面目，"太过分了！"

我的鞋柜里，不知道被谁塞进了一只鸡的尸体。

掉到地板上的鸡，头向着奇怪的方向扭曲着，应该是被人故意扭成这样的。红冠子正好对着我，用那死不瞑目的眼睛盯着我。仿佛被那目光摄住，我的身体动不了了。

"谁这么缺德啊！"

头顶传来鹿沼的谩骂。他的疑问我知道。

肯定是佐神。

除了他，还能有谁呢？

他下一个要杀的人看来就是我了。这任人宰割的鸡就是暗示我逃不出他的手掌心吧。

但是，我有点不明白。

佐神是怎么准确地知道我害怕什么的呢？如果是其他鸟类的尸体，我顶多是讨厌，并不会害怕，他是怎么知道我的弱点是鸡呢？这是极其隐私的秘密啊。

完全没有关联的佐神为什么会盯上我们家人呢？他一开始盯上父亲，纯粹是出于对杀人这件事的好奇，父亲只是碰巧出现在他的目标范围内。

但是，我可能从一开始就想错了。他莫非一开始就带着某种目的？我们家难道和他在什么地方有交集？

我一边抑制住打战的牙齿，一边拼命地回忆过去。

莫非，我和他还曾经在什么地方见过面？到底是哪里？什么时候呢？

★

已经是中学生的佐神闷闷不乐。

离亲手杀死自己母亲已经过去五年了。

虽然成为武士的想法日趋强烈,他却想不出完美的计划,他不想再像杀母亲那样进行无意义的杀戮了。但接下来该怎么做,他却一无所知。

为了实现武士梦,他曾修习过剑道,不过马上就觉得无聊了。虽然挥剑的技术有了长进,但剑道说到底只是戴着护具挥舞竹刀的游戏。对他来说,如果不是用真刀砍真人,又怎么会有意思呢?

理想遥不可及,日常的生活无聊至极,佐神抑郁了,甚至觉得活着本身都太麻烦了。每天,他都黑着一张脸,过着学校和家里两点一线的生活。

就在这时,他遇到了一位少女——一个住在面朝大海的房子里的少女。

二

可能是因为比平时来得早了些,大学正门附近还没有什么学生。

天阴沉沉的,只有打扫卫生的清洁工和门卫在那里站着聊天。

我下意识地捏紧了挎包的带子,慢慢朝正门走去。

没关系的,不要紧张。

虽然不知道这两个人叫什么，但年龄和佐神不符。清洁工都可以叫爷爷了，门卫虽然显年轻，但实际上也超过四十岁了，和我父亲是同一代人。所以，不可能是他们俩。

小声跟他们打了个招呼，两人中断了谈话，微笑着回应。我却怎么也笑不出来，这地方可不一定只有他们两个人在。

穿过校门后，身后传来了脚步声。我心里"咯噔"一下，不过对方很快就超过了我。看着那背影，我终于松了口气。棕色的长发飘飘，边走，高跟鞋边发出清脆的敲击地面之音。看起来是个女大学生，性别对不上。

一边怀疑着遇到的每个人，一边走。到教务楼的时候，我已经累得不行。但是，今天又必须打起精神来。

昨天几乎什么工作都没干成。

鞋柜被人塞进一只鸡的尸体，这种事对我的打击实在是太大了。

看着呆若木鸡的我，鹿沼帮着把鞋柜收拾了一下。他把这个恶作剧向上司汇报了，还说应该报警。我立即阻止了他，还让他帮我保守秘密。佐神是恐怖的，他这么做与其说是恶作剧，倒不如说是一种威慑。而且，如果事情闹得沸沸扬扬，对我也不好。如果把这种私人恩怨带到职场，以后我就别想续约了。况且，不管做什么都已经晚了。

还有，就算我想报案，靠警察就能解决问题吗？

昨晚一整夜，我都在认真思索佐神和我们家的关联点，但结果一无所获。

只是明确了一点，佐神现在已经盯上我了。既然已经知道了我上班地点的鞋柜，对我的生活轨迹想必也有了一定程度的掌握。此时此刻，他可能正潜伏在附近，伺机对我下手吧。

只要他想，换个名字甚至换张脸都不是难事。就算没有整容，在戴口罩已经成为社交礼仪的当下，想看清一个人的本来面目太难了。说不定在我毫不知情的时候，已经和佐神有过接触了。

这么一想，周围所有人都变得可疑了。说不定佐神就在我眼皮子底下，只是披了另一个人的皮。就连警察我都觉得不值得信任，每次家人出事，都有好几个搜查人员来找我，佐神就算藏在他们中间也不稀奇吧。

"早上好！"

我胆战心惊地打着招呼走进办公室。

办公室主任已经坐在座位上了，应该不是他吧。我现在判断一个人是不是那个名字和长相都不知道的杀人狂的依据，就是年龄和性别以及个人经历。办公室主任虽然是男性，但是个中年人，在这个办公室工作的年头也很多了。听说已经结婚了，可以断定他是个安全的人。

仔细一看才发现，办公室里的年轻男性比较少。鹿沼虽然跟我年龄相仿，但已经结婚。看起来，和我一起工作的这群人是佐神的可能性比较小。

剩下的就是跟我个人有关联的了。

我立即想到了渚，妃奈死后我们才认识，有时候每天都会保持联系。他和佐神的年龄相仿，自称是经济系大四的学生，可我又没见过他的学生证。

劝我去那之后俱乐部打工的桐宫也是，都是他自己说的，在农业系读研究生什么的。

跟高中的校园不同，大学校园是谁都能进来的。只要是二十岁出头的人，谁都可能被当成大学生吧。而且，佐神虽然出身于少管所，但只要取得了高中毕业证，上大学也是有可能的。

我一边开电脑，一边看表。离正式开工还有点时间，我立即打开了在校生数据库系统。我的职权允许我登录这个系统，我先在搜索栏里输入了渚的姓名。

画面上显示了渚的住址等信息，他确实是这所大学的在校生。我确认了一下他的入学年份，是在四年前。然后，我又查了一下桐宫，他是在五年前考进这所大学的。

我下意识地呼出一口气，他们都不是佐神。那个男人几个月前还在少管所呢，不可能一下子变成大学生或者研究生。

那么，佐神是我没见过的某个人？我负责的这个前台，每天都会接待很多男大学生的咨询，佐神会不会就藏在他们当中？这一点让我很不爽，但一想到身边的人都值得信任，我倒是稍微轻松了一些。

这么想了一圈之后，我觉得桐宫也就罢了，连渚我至今都还有一种亲近感，这太让人害羞了。

最后见到渚的时候，是和金田这个情报提供者见面的晚上。那晚可谓一波三折。金田的话证明了妃奈的清白，她手里那巨额保险金的下落也搞清了。然后警察打来电话，告诉我母亲的死讯。

从那以后，渚就再也没联系过我。

他可能还在生我的气吧，好不容易得到了洗刷妃奈冤屈的证词，我却拒绝将其公开。

或许，他对妃奈事件本身失去了兴趣吧。已经得知了事情的原委，舆论也在我们公开之前就已经把真相传开了。

我发现自己虽然一开始很介意跟他一起秘密行动，但没了他的消息，我却又有些寂寞。通过和渚一起行动，我多少感受到了大学生的感觉，那种真凛身上散发的蓬勃朝气。

看来我是得意忘形了。

脸一下子红了起来，我告诫自己。

我这是在想什么呢！幻想着对方能跟自己成为朋友吗？人家连你摘了口罩的素颜都没见过，你能跟正常人一样与人交往吗？

"不好意思。"

有人在说话，我抬起头来，发现前台来了一位大个子男性。

"来啦，来啦。"

我还在发呆，鹿沼已经先我一步招待起他来。不知不觉，正式开工的时间已经过了。

这可不行啊，我慌忙关闭了数据库。不认真工作可不行，对现在的我来说，能有一份这样的工作必须感恩。我使劲摇了摇头，清除杂念。

"对不起，还是让我来接待吧。"我凑了过去，没想到把桌子上的资料碰到地下了。数十张毕业生就职情况一览表散落到脚下。真服了自己这毛手毛脚的样子，我赶紧蹲下来收拾。

一秒之后，我变成了冰雕。

★

佐神发现那座面朝大海的建筑，是在放学的路上。

无法成为武士的不满堆积在胸口，连活着的意愿都渐渐淡薄了，佐神浑浑噩噩着。

不知为何，那座老旧的建筑引起了佐神的注意。一层是个体经营的店铺，二层是一家人住的地方。停好自行车仔细一看，里面还跑出来一个小学高年级模样的少女。她一个人很高兴的样子，甩着细长的胳膊，从里面蹦蹦跳跳地出来。

看到这个画面的瞬间，佐神感觉到耳边"咣"地响了一声，眼睛再也挪不开了。

少女根本没注意到自始至终一直呆立在那里的佐神，又高高兴兴地回到了建筑物的一层。看年纪不像是店铺的客人，应该是这家店老板的家人吧。

自此，佐神上学、放学都要在这座建筑前驻足片刻，寻找少女的身影。有时能见到，有时见不到，远远地看到就心生欢喜。也不知道为什么，就是莫名地开心。

这种感觉是什么呢？当时的佐神把脑袋分成两个区，一个区放的是成为百人斩武士的梦想，另一个区则是少女。每一个都刻骨铭心、不可磨灭，每一个都爱不释手、割舍不下。

终于，少女也注意到了佐神的目光。她长着一双小鹿一样水汪汪的大眼睛，一点也不怕生地主动走了过来。她问佐神是什么人，为什么盯着她看。不是那种质问，只是单纯地出于好奇。

"对你感兴趣"，这种话无法直接说出口，所以就谎称对少女的家人所经营的店铺感兴趣。

佐神的回答让少女很开心。她最骄傲的莫过于自家的店铺和父亲了，于是她就跟佐神讲了很多父亲工作的样子。少女那美丽的侧脸，在佐神看来，和潇洒挥剑的武士一样美好。

佐神为了能见到她，特意改道以便从面朝大海的房子前经过。

而少女从二楼的窗户看到佐神的身影,也每次都跑出来见他,然后每次都热心地跟他讲自己父亲如何如何,佐神也耐心地倾听。一开始,只是对少女的侧脸着迷。渐渐地,少女的容颜和讲的话也深深烙印在脑海。她的知识很丰富,讲解的方法也很棒,真想一直听下去。但是天都黑了,也不能一直拉着人家在外面说话。佐神无奈地起身,只是在离去的瞬间,便已经开始期待下次和少女见面了。

有时候,虽然能在建筑前看到少女,但她不是一个人,而是姐妹俩一起玩儿着什么。佐神没勇气上前,选择默默地走开。他只是喜欢少女一个人,喜欢跟她两个人独处的时光。

这种感觉是怎么回事?

虽然能想到一些,但佐神一直无法确信。

直到有一天发生了那件事。

那天,他一如往常地来找少女。往日里笑靥如花的少女却眉头紧锁,不仅如此,大颗大颗的泪珠沿着她的脸颊滚落。

佐神感觉自己的胸口像是裂开一般难受,"你怎么了?"他的声音都在发抖。

"没什么。"少女红着脸回答,明显是在逞强。看样子好像是被她父亲训斥了,虽然不知道理由,貌似她父亲还动手打了她。

她是因此才流眼泪的。

面对不停擦眼泪的少女,佐神确信了这一点。

不忍心看到她流泪，为此他必须做点什么。

他对自己的这种想法感到意外，这难道就是那种被称为爱的感觉吗？

他自知自己的感觉从很久之前就跟一般人不同，也没有遇到过和他一样憧憬着成为武士的人。在他内心深处，成为武士才是唯一的价值。这是优先于所有事项的，就算全人类都推崇的爱情也不例外。所以，他才像武士一样，只是想砍人了，就毫不犹豫地对自己的母亲下了杀手。他理所当然地认为，自己绝对不会爱上什么人。

但是，青春期的佐神突然意识到——在内心深处，少女和武士梦已经共存。

对少女的爱和对武士的憧憬，对他来说都是不可或缺的。

佐神爱着少女，打心底里希望她能幸福。

然后，他找到了一个极为合理的杀人方法。不是从别处，而是从少女的话里。

天已经黑了，好像还起风了。

佐神隔着玻璃窗看到外面的树影。树叶被风吹得沙沙响，听起来像是心中那奇妙的旋律。

少年时代确立的计划，终于被佐神付诸实施了。

那时的少女给了他灵感。

想成为武士，就一定要杀人，目标选谁却不能像杀自己母亲那样随便，必须带着某种意义才行。

离小林恭司被杀已经过了很久，但他还有那本肢解笔记。虽然笔记被警察收走了，但内容早已烙印在记忆深处。

佐神有计划地杀害了小林妃奈，连她妈妈小林宽子也杀了。

每次挥刀，他都能实实在在地感受到杀人的理由。

杀人本身是有意义的，他的想法逐渐成形。

三

薄薄的门窗"嘎啦嘎啦"地响。

外面好像刮起了冷冽的晚风，屋子里却有一股多年都没换过气似的潮湿的味道，里面还夹杂着高亢的哭声。

"哇啊——"

我强忍着没叹气。

大房间里有五个孩子，其中最小的那个柚子正大声地哭着，真凛正背对着我安慰她。虽然作为那之后俱乐部的员工，她的工作态度无可挑剔，背对着我的姿态却释放出一种拒人于千里之外的气场。

我真想一走了之。

心里的这种想法不止一次闪现，本来我也是这么想的。

今天早上，办公室里发生的那件事，让我切实地感受到了佐神的阴影。只是在那里坐着，我都已经起鸡皮疙瘩了。

然而，我还是强装镇定地完成了工作。装作什么都没发生，也是为了保护自身的安全。我想着一下班就赶紧回家，到了安全的家里再跟警察联系。今晚虽然有那之后俱乐部的兼职，但我也打算推了的。

但是，在我提出之前，桐宫的短信就到了。说他突然有急事，实在无法照顾那之后俱乐部的孩子们。本来是需要三个人完成的工作，现在临时也找不到人了，拜托我和学生志愿者两个人照顾孩子们。晚饭已经做好了，但是保管贵重物品之类的，希望我和学生志愿者合作完成。他还说，如果他没有在规定的时间内回来，还拜托我帮着把门窗锁好。

今天晚上，我是无论如何都不想帮忙的，但看着他那诚恳的态度，我又没忍心拒绝，就应承了下来。

本来今天就是约定好要去做兼职的日子，现在人手不足，我实在不好意思请假了。而且突然改变计划，佐神也会有所察觉吧。所以，这也是没办法的事。

软弱的自己不断地说服着焦躁的自己，我准时下了班。从教务楼出来，沿着后面的小路进入实验林中，里面那个原本是农业系实验室的房子就是那之后俱乐部所在。

拉开推拉门后，我后悔答应得那么痛快了，因为里面传来了真凛的声音。原来学生志愿者就是她啊。看来，今天晚上我只能跟她一起照顾这群孩子了。

在大房间里跟孩子们一起玩耍的真凛，哪怕知道我来了也连头都没回，仿佛我是看不见的幽灵，只跟孩子们说说笑笑。我跟她小声打招呼也被无视了。她应该也从桐宫那里得知了今晚的特殊情况，也没有再跟我说一遍的意思。那态度仿佛在告诉我，反正你已经掌握了要领，该怎么干自己看着办吧。

我受不了了。

"我去准备晚饭了。"撂下这句话，我就进了厨房。那个曾经嘲笑我的同学，现在是渚的女友的真凛，看起来对我是相当不友好。今晚接下来的几个小时，我还必须跟她一起度过。

在厨房里，我把大锅架好，点着火，用大勺子在里面缓慢地搅拌，防止煳底。晚饭的主菜是炖猪肉。没有我讨厌的鸡肉味，可能是今晚唯一值得感恩的地方了吧。

厨房里就我一个人，我手里拿着勺子，脑子里却一直在想今天早上发生的事。

那个男人，谁也不知道他的真面目。灶台的火苗和锅里的热气让狭窄的厨房很暖和，我胳膊上的鸡皮疙瘩却一点也没少。

晚饭基本上是我准备的，碗筷也是我收拾的，真凛则负责照顾孩子们，看起来跟平时也没什么两样。但是，员工之间的紧张关系不知不觉地传染给了孩子们。虽然没有到吵架或者争抢那种程度，但晚饭过后，大房间里总有一种奇怪的紧张感。

特别是年龄最小的小柚子，特别敏感。今晚，柚子可能心情本来就不好，因为一些小事掉了好几次眼泪，最后终于演变成号啕大哭。

真凛跟柚子关系最好，哄了半天也没哄好。我折了一只纸熊猫给她，也没什么效果。看着两眼通红，甩着两个小胳膊大哭的柚子，我们只有无尽的挫败感。

"哇啊啊，哇啊啊——"柚子哭得撕心裂肺，满屋子都回荡着她的哭声。

其他孩子都停下了手里的游戏或者作业，不知所措地看着她哭。那之后俱乐部的创立者桐宫最会哄孩子，可他一时半会儿回不来。再加上今天晚上总是帮我们照顾小孩的浩浩也不在，没有谁能帮着缓和现场的气氛。

真是难熬的夜晚啊，我真想放手不管直接回家。但这是不可能的，还是先想想办法安抚一下小柚子的情绪吧。

我环顾四周，发现角落里有一个大大的毛绒兔子玩具。应该也是谁捐赠的吧，已经起球了，还有几片浅浅的污渍。不过，用来安抚女孩的心情多少也有点用吧。我抓着玩具兔子的脖子拿了起来，突然感觉手被扎了一下。我定睛一看，从毛绒玩具里冒出一个一厘米长的尖尖的东西。

我用手指夹着给拽了出来，原来是一片碎玻璃，不知被谁藏在玩具里了。没想到孩子们玩儿的玩具里还掺着这么危险的东西。玻璃片的前端非常尖锐，就是一个小尖刀。到底是谁干的啊？我想了想，突然打了一个激灵。

莫非也是佐神干的？

仔细一想，我第一天在那之后俱乐部上班的时候，混入异物这种事就发生过。真凛跟孩子们一起吃黄油鸡肉咖喱的时候，说她吃出了一个陶瓷碎片。做饭的过程中，是不可能混入这种东西的。莫非从那个时候开始，佐神就已经对我发难了？为了威胁我，他把尖锐的陶器碎片放进大锅里。但是，我在那之后俱乐部是不吃东西的，他那天没有得逞。于是，佐神又在玩具里放入了玻璃片？

"小柚子，你看美樱姐拿来了毛绒玩具呢。"

"是啊，这个可不可爱啊？"

我说着，"嗖"的一下把玻璃片塞进了裤兜里。大人之间的矛盾不能波及孩子。

"你看，拿着这个玩具玩儿吧。"我把玩具递了过去。

柚子的哭声依旧没停，口罩都湿透了。

"吧嗒"，头顶的灯光熄灭了，大房间里一片漆黑。

真凛关了灯之后，匆匆忙忙地往过道走去，我也紧跟着过去。

终于熬到关门时间了。

原则上是九点就要关门的，今天有一个孩子的家长来得特别晚，十点多了才来。桐宫到底是没赶回来，到头来还是我们两人关窗户、锁门。

我和真凛默默地走进休息室，从保险柜里拿出手机、钱包之类的，穿上外套、挎起包就往外走。房屋周围的实验林被风吹得呼呼响。房间外没有灯，只有惨白的月光远远地照过来，给了一点亮。从漆黑的树林往教学楼的方向看，基本上也都熄了灯。

玄关的门是真凛锁的，钥匙是那种非常古老的类型，插进钥匙孔转起来特费劲。

望着这个自始至终都没正眼看过我的人的后脑勺，我觉得再怎么不合，最后分别的时候也要说句话吧。

对真凛，我恨过，也羡慕过。现在的我已经没有这些情绪了，但看她这态度，绝对不是那种会跟我成为朋友的。

"海野。"

她上完锁，我立即喊了她的名字。

她却完全无视我的呼唤。她一扭头，就背对着我迈开脚步，打算就这么走了。之前她对我也有过这种态度。

"喂，等等。"

为了不让她逃走，我抓住了她的手腕。

她突然大喊：

"不要啊！"

声音尖锐得像是切割金属的机器发出的，吓了我一跳。我也没使劲捏着她的手腕啊。

"对不起。"我赶紧松了手。

"原谅我。"

这回又变成了蚊子叫一般的声音。

"欸？"

我借着月光仔细看了一下真凛的表情。本以为她会竖起眉头狠狠地瞪我，但实际上，那眉眼分明是快要哭出来的样子。

"请原谅我吧，不要杀我。"

我不懂她在说什么，难道不是我被她讨厌、被她无视的吗？

不知道怎么回答她，我沉默了片刻。

"那件事是你干的，对吧？"真凛眼泪汪汪地说，"之前在晚饭的咖喱里放陶器碎片那件事。"

"怎么可能是我？！"

"我刚才也看到了，你想偷偷地往毛绒玩具里塞玻璃碎片。"

不对，不是我要往里面塞啊。相反，我只是想把塞进里面的玻璃碎片拿出来而已。

她完全不给我解释的机会。

"都是为了报复我，对吧？怪我以前嘲笑过你。中学的时候，我和朋友们一起嘲笑过你。不仅如此，今年，你刚在大学的教务处上班，我又干了同样的事，带着朋友甚至是男朋友去嘲笑你。你一直记恨着我，对吧？"

"你听我说，海野。"

"对不起——"真凛使劲地低头认错，"真是对不起。我没有多少恶意，所以，请原谅我吧，不要杀我。"

我说不出话来，默默地看着她的头顶。她低垂的刘海在小幅颤抖。

真凛在那之后俱乐部那般无视我，我还以为她多讨厌我呢，原来她已经怕我怕到连正眼都不敢看我一下的程度。甚至以为会被我杀掉，这可不是一般的害怕我了。我这是被她彻底误解了啊。

我正想着怎么解释一下，真凛就已经慢慢地抬起头，一边窥视我的表情，一边往后撤。她这是想见机逃跑啊。

我正想着不能就这么不明不白地分开的时候。"真凛。"男人的呼叫声随风而至。

回头一看，实验林里有个人影。

"渚？"

真凛跟射出去的子弹一样弹了出去。

"等一下！"

我伸手去阻拦，但已经晚了，只有指尖轻轻碰到了她的后背。眼见着真凛离我越来越远，冲着对方跑了过去。

男人举起右手，使劲扇了真凛一个耳光。

我小声发出惊呼。

真凛的身体仿佛落叶在空中飞舞，最后落在地面。

看着脚下横躺着的真凛，那人却小声地说：

"有什么可害怕的？"

像是对这声音有了反应，真凛动了。她用手撑着地面，慢慢抬起头。因为被打了脸，口罩已经不见了，她的左面脸颊红了一大片，哪怕这么黑的夜里都能看出来。即便如此，她那望向男友的目光依然是清澈的。

"渚？"

对于自己身上发生了什么，她一时还没有琢磨过味儿来。

"你搞错了！"我大喊，"那个人根本不是渚丈太郎！"

真凛惊讶地眨了一下眼。

今天早上，刚开工，办公室就有一个身材魁梧的男生来访，是一个完全陌生的面孔。他说自己两年前休学了，来办复学手续。鹿沼接待了他。

我一边收拾掉落在地上的文件，一边无意地听他们谈话。他说自己叫渚丈太郎，我当时还以为自己听错了。他解释说自己休了两年学，去海外留学了，最近才回国。我私底下查了一下在校生数据库，以前确实没注意，他的资料里"休学中"这一栏被打了钩。

那么，自称是渚，在校园里优哉游哉，还和大学生真凛谈恋爱的，自称想成为自由记者而接近我的那个男人，到底是什么人？

他看了我一眼。看着他那冷冷的目光，冷汗从我脖子上滑了下来。

意识到他根本就不是渚的瞬间，我突然想到了一件事。

那时候，我和他调查筑野BAL的社长铜森周围的人。

在我们设法接触到了妃奈的前男友铜森之后，就被一群陌生男人袭击了。当时，我们还以为是铜森的保镖金田派来的，没想到是铜森指示手下干的。

渚当时一个人和好几个歹徒周旋。在打斗的过程中，还有一把刀掉落在了地上。我看到之后吓坏了，但是渚一点也不害怕。事后他还说，那群歹徒根本没有要杀人的意思，只想吓唬我们一下。

如果是想吓唬我们，为什么那群人不用刀子呢？

那不比突然拳打脚踢省事多了？效果还好。可实际上，刀子是在乱斗中才掉出来的。如果不想伤害对方，却又拿出刀子，这是什么"脑回路"？如果在近战中拿刀乱砍的话，最坏的情况，是会出人命的。那些男人脑子就这么不好使吗？

如果不是他们，那刀应该就是渚身上掉出来的。我想到了这一点。面对只想用拳头给我们点教训的歹徒，渚拿出了刀子。他可没想着手下留情，那些男人没受伤真是走运。

我们头顶的树枝被风吹得沙沙响。

我厉声喝道：

"你，到底是谁？"

答案我已经猜到了一半，但我必须确认。

"是真凛不好。"

他没回答我的质问，反倒自言自语地说。

四

"都是真凛不好。"

渚重复了一遍。

虽然被叫出了名字，但真凛还是坐在地上，皱着眉，一脸茫然。

"这家伙——"渚像看自己养的宠物一样俯视着真凛，"一开始只是想嘲笑你。"他的视线又直接向我投来，"她告诉我，中学时候，有一个缺了颗牙的丑八怪，就在我们大学的教务处上班。所以，我跟着她去教务处看了你一眼，觉得挺有意思。但是，随着小林妃奈的案件在网上传开，真凛就像变了个人似的，总是害怕你。"他非常幽怨地说，"小林美樱，实际上是那个凶犯佐神事件中被害者的家人。最近连妹妹也被人杀了，而妹妹自身还有骗保杀人的嫌疑。如果妹妹是罪犯的话，姐姐小林美樱也可能是同一类人，我竟然招惹了一个不得了的人物，这可怎么办啊？——真凛板着脸说这些，我不管怎么安慰她都没用。就算不在我面前提你的名字，那种恐惧也藏不住。"

我终于明白了真凛为什么刚才说怕我报复，还跟我说"原谅我，不要杀我"，那种极端的恐惧原来是她把我和妃奈骗保的嫌疑联系到了一起。

"可是，这种心理太不正常了吧？"

面对渚的疑问，我也想点头同意，真凛对我的恐惧完全是出于误解。但我刚想点头，渚就说：

"真凛最应该怕的不是我，而是个女人，这太不正常了吧？我可是男人，还是她男朋友啊。"

渚歪着脑袋理所当然地说。

"欸？"

"畏惧从某种角度来看，也是尊敬的意思。真凛从心底里畏惧的只应该是我这个人。可是，她却鬼迷心窍，我必须让她清醒过来，认识到我才是她最应该尊敬和畏惧的人。"我惊得什么话都说不出来，"只不过，矫正的方法是个难点。真凛对你的恐惧已经达到了非同寻常的地步，所以我也不能用正常手段，只能另辟蹊径。"

不正常的手段，是什么？我有意不去往那方面想。

"你这个人明显就没什么可怕的。看看你在职场上工作的样子，是个人都能看得出来。你总是一副唯唯诺诺的样子，软弱得跟待宰的羔羊似的。真凛就连这样的你都害怕，她所依据的不过是你妹妹小林妃奈的嫌疑。所以，只要我把她的嫌疑给排除了，真凛对你们姐妹的误解自然就会消除。正好你也在想方设法地证明自己妹妹的清白，我就提议跟你合作了。我还是帮了你不少忙吧？"听起来有些得意的样子，"虽然过程中用了一些小手段。"

我有一种不祥的预感。

"我找不到川喜多和铜森的信息，你却很容易就拿到了，到底是怎么办到的？"

这个男人的身份是假的，所以他根本就不是还没有找工作的经济系的学生。失去发小之后立志成为自由记者也是他瞎编乱造的，采访和调查的技术估计也是一窍不通。

"不过是费了些力气罢了。"渚耸了耸肩，"周刊 REAL 那个叫水户的女人一点骨气都没有，省了不少力气。只不过吓唬了她一下，她就老老实实地全部交代了。被称为 A 的川喜多的本名啊，铜森家住址啊之类的，什么都说了。"

最近一直没见到过水户，我才注意到这一点。

妃奈的嫌疑刚报道出来的时候，她可是每天都在想方设法地堵我，好像她就是周刊 REAL 负责采访我的记者。而不知从何时起，她就仿佛消失了一般。就算和周刊 REAL 的记者狭路相逢，也都是别人在负责采访。

确实，最后一次见到她还是在筑野BAL总部的门前。她像往常一样逼迫我接受她的采访，让我很为难。而渚出现后，把她赶走了。他们两人是那时候开始有联系的。

这么一想，他赶走水户的手段的确有些卑劣。当时，我虽然有点不满，但还是决定跟他合作了。

而且，他一张口，我就把水户的名片给他了。那上面可是有水户的姓名和单位，以及联系方式的。

他正是用这些联系上了水户，并威胁她套出那么多情报的吧。水户对我来说确实是个麻烦，但一想到那有着追求真理的纯真双眸的职业女性再也没有上班，她得遭受多大的打击啊。

"不过，也不都是从水户那里知道的，那个低能的女人连铜森的人际关系都没掌握全。所以啊，我才不得不跑到铜森的老家，从那里借出了他高中的毕业相册，这才是最麻烦的。"

我在筑野调查的时候，听说铜森家进了贼。原来犯人就是渚，他是用偷的手段拿到了铜森的毕业相册和同学录的呀。

"所以，我全力出手后，小林妃奈有没有杀人骗保的事就真相大白了。你因为和金田的约定，不想把真相公之于众。当时，我真是气坏了。如果不能向世人公布你妹妹是无罪的，我所做的一切就没有意义了，真凛也只有知道真相后才能放松下来。

"我当时想，无论如何都要把真相公开。但在我动手之前，舆论的风向开始变了。你母亲被杀,杀人犯佐神下落不明,以及财团对捐款的发声,各种事完美地凑到了一起。因此,就算没有证据,小林妃奈的清白也不容置疑了。你的妹妹一点也不可怕,所以你们只是可怜的被害者家属罢了。"渚继续平静地说,"我的目的达到了。这样一来,对真凛来说,我应该就是最值得她敬畏的人了。我耐心地跟她说了我是如何调查的,晓之以理,动之以情,让她知道小林美樱根本就不值得她那么害怕。是吧,真凛,我跟你说明白了吧?"

看着向自己征求意见的恋人,真凛不眨眼地盯着他,看起来她之前完全不知道自己的男朋友的本性。很显然,他这种让恋人畏惧自己的欲望和想法,正常人怎么能理解得了?

我自然而然地想,真凛可真可怜。本应该能享受正常校园恋爱的她,却被这种奇怪的人缠上了。看来,这世界上除了我,还有很多不幸的人啊。

不行,现在可不是看别人笑话的时候。

"可是,"渚的声音更低了,我和真凛都一惊,"真凛还是不接受。还是怎么都害怕你。"渚的手指指向我,我感觉自己被子弹穿透了胸口,"真凛说她知道小林美樱无罪,你是受害者一方,本来就跟凶手扯不上什么关系,更何况你还不止一次成为受害者。你的父亲、妹妹、母亲都被杀了,这就不寻常了。真凛无法接受,也不想去那之后俱乐部当志愿者了,说一想到在那里会见到小林美樱的脸就怕得不得了。"

被这么直接揭开伤疤,我心里很难过,不过真凛说得也没错。在日本,一生不断遇到犯罪的人肯定是极少数。大多数人都会觉得这样的人身上有某种不吉利的因素,一般都会敬而远之,这也是人之常情。

"你能想象吗?"渚打断了我的思绪,"正在交往的女友跟我这么说的时候,我那种心情,你能想象吗?我根本就没有男人的威严。"

他的肩膀耷拉下来,仿佛卸了力,像是后背吊在了实验林的一棵树上,垂头丧气的样子。对我来说莫名其妙的事,看来深深地伤害到了他的自尊心。

"所以啊——"他晃着往前走了一步,只是一步,我却感觉他的身影变大了很多,"现在,除了杀掉你,也没别的办法了。"我愣了一下,不知道他话里的意思,"不管我怎么努力地想扒掉你被妖魔化的外衣,真凛都那么害怕你。我要在她面前表现出比你更厉害的一面,这样一来,真凛就会服服帖帖地敬畏我了吧。"

渚抬起了头,不知何时,他手上多了一把刀。朦胧的月光下,刀尖泛着寒光。不知是前些天乱斗的时候见到的那把,还是他又买的。

"一开始,我想过把你痛扁一顿,拍成视频给真凛看。那样,她就知道我有多厉害了吧。但是,你这人非常聪明,看起来柔柔弱弱的，实际上不是那种任人宰割的主。我没有轻易出手，也是不想被你扮猪吃老虎。而且，你也发现了我不是这所大学的学生。渚丈太郎貌似回国了，还去过你的办公室吧。"

新的冷汗又渗了出来，我发现他不是渚这件事，他竟然知道得那么清楚。我真后悔自己当时为什么装作不知道，应该立即报警的。

"真凛以前非常乖巧可爱，现在只不过是个意外，她平时对我可不是这个样子的。"在黑暗中抱怨的这个男人，不知道已经多少次对他人的人生指手画脚了，"如果你这个大学的在职员工把我的事告诉你的上司，我就完蛋了。不仅是和真凛的关系，在这所大学的生活也没法继续了，这会让我很没面子。那怎么办呢？只能把你杀了。唉，真是麻烦啊。"

渚有气无力地转转肩，拿着刀向我走来，那双眼睛比刀尖还要锐利。

"看好了，真凛。"

把女友留在原地，渚"嘎吱嘎吱"地踩着落叶向我走来。

我想尖叫，但吸进的夜风灌到了喉咙深处，堵在了那里。我连呼吸都困难，身体也动不了。渚的想法我无法理解，再加上错过了逃跑的最佳时机，对方的杀意清晰地将我笼罩、束缚。

渚的身影越来越大，相反，我感觉自己在不断地缩小。过去曾多次看到过的鲜红血液，这次要眼见着从自己的身体里出来了吗?

"嘿!"旁边传来男性的声音,"干什么呢?"

也不知道是谁的声音,我的身体动不了,连回头确认一下都办不到。但是,他很快进入了我的视野,还跑到我旁边来了。

是桐宫!可能是参加面试去了吧,头一次见他穿正装。

他像是要庇护我一样挡在我和渚之间,肩膀还在剧烈起伏。他说完事了就立即回来的,估计是从远处看到了我们,急急忙忙跑过来的。

"一边去!"

渚低声喝道。

"把刀放下!"

桐宫冷静地应对。

"你,知道自己在干什么吗?"

"搞不清状况的是你吧?"渚不想跟无关的人多说,继续往前走,"我找的是她。"

说着,渚就用刀向我们刺来。

桐宫没有退缩,像是我的盾牌一样张开双臂。

他的后背,因为和渚的剧烈冲撞而晃动着。

我"啊"了一声。

可是,那声音马上被像是被敲碎了玻璃似的悲鸣淹没了。

桐宫单膝着地。

对面的渚看上去也停下来了，缓慢地向着悲鸣发出的斜后方回头。

是呆坐在那里的真凛发出的尖叫。从她那个角度，能清晰地看到渚用刀捅了桐宫。尖叫声结束之后，她那惨白得仿佛是融化了之后再次凝固的蜡烛一样的脸抽搐着。

"真凛，"渚一呼唤，真凛的脸更加扭曲了，几乎要两眼一翻晕过去了，"你明白我的苦心了吧？"渚的声音在回荡，"总算能多少理解一下我了吧？"

那侧脸看起来洋溢着喜悦。渚如此鲜活的笑容，我还是第一次见到。

听了他的话，真凛的身体就像坏掉了的玩偶一样战栗个不停。渚那种为了达到某种目的毫不犹豫地出手伤人的本性，她终于真切地感受到了。

"不！"她飞快地站了起来，"不要过来啊——"

她叫着跑进了实验林中，看起来她已经到了极限。

如此一来，渚也从我们这里回身去追真凛了。

"等等我呀，真凛！"他高兴地追了过去，"你再认真看看嘛，我可厉害了。我还没怎么出手呢，看看呗……"

他的声音渐渐远去，掺杂着抑制不住的笑意。真凛根本没理会，很快就消失在林子里。然后，追逐着恋人的渚也消失不见了。

只留下我和桐宫。

五．

渚消失了后，我身上的"定身符"也终于解开了。

"不、不要紧吗？"

我慌忙问旁边的桐宫。为了保护我，他张开双臂正面承受了渚的一刀。我只能看到他的后背，不知道具体情况，好像是胸口被刺中了。

面对我的询问，"啊。"桐宫试着要站起来。

"不要动。"我制止了他。黑灯瞎火的，也不知道流了多少血，伤得重不重。

"你就这样保持别动，我这就叫救护车。"

我把肩上的挎包取下来，从里面掏出手机。

"救护车就不用了。"

桐宫按住我的手。我看了他一眼，他已经站了起来。

"你的伤？"

"平时，我都是放在裤兜里的。"桐宫把一只手伸进怀里，"今天穿了正装，才放在这里。"

他从风衣的里兜掏出手机，屏幕上布满了蛛丝般的裂痕。

"这……"

"刀正好刺到了手机上,多亏了它,我才捡回了一条命。"

好像他兜里的手机碰巧成了铠甲,挡住了致命一击,我长舒了一口气。

"没有受伤吧?"

"连皮都没擦破。"他笑着说。

"太好了。"

"对不起。都怪我让小林和海野两个人照顾那之后俱乐部才……"

"不、不!"

桐宫低头认错,我赶紧摆手制止。渚的事跟他可一点关系都没有,是我个人的问题。如果桐宫没有及时赶来,我肯定就被那个男人捅了。这么一想,我又不寒而栗了。

"我想着尽量在今天晚上就解决了,要不然还会麻烦到你们。没想到适得其反。"

我疑惑地歪了歪头,不知道他说的是什么。

"我是去家访了。"他解释道,"我去浩浩家了,跟他们父子俩谈了很久。"

确实,今天晚上,那孩子没有来那之后俱乐部。他总是能帮着照看其他孩子,活跃现场气氛。如果今天他在的话,我们也能轻松点。

"我之前跟你说过,那之后俱乐部最近总是人手不足,就是因为学生志愿者总是突然提出辞职。而且，我注意到一点，提出辞职的都是女生。原本学生志愿者就以女生为主，辞职的都是女生，我们这里就人手不足了。我自己是男性，一直不明白为什么，但是经过调查我发现，女生志愿者在这里貌似遭到了恶意骚扰。"

"恶意骚扰？"

"是的，食物里被放入陶瓷碎片，玄关那里放的鞋子被弄湿之类的。也不知道是谁干的。被骚扰的女生也不好怀疑是孩子们干的，想跟其他员工商量，但骚扰者没准就是其中的某个人，只能默默辞掉志愿者的工作了。今天，我终于发现是谁干的了。"

"莫非是浩浩？"

虽然一时之间难以相信，但从他话里话外的意思看，只有这一种可能。果然，桐宫点头了。

"我之前好像也跟你提过，来我们那之后俱乐部的孩子家里多少都有点问题。"

虽然我有印象，但是自己的事已经让我焦头烂额了，当时我就左耳进右耳出了。

"浩浩他们家就他们父子二人，他母亲出于某种原因离家出走了，浩浩却认为自己被母亲抛弃了。受此影响，他开始恨自己的母亲，甚至扩大到憎恨所有女性。他日常能接触的女性除了学校的老师，也就是我们那之后俱乐部的员工了。所以，他就把目标锁定她们，一再地做着恶作剧，甚至还在只有女孩才会碰的玩具里动手脚。比如，放入尖锐的玻璃碎片。"

那个懂事的浩浩？印象中，他的脸上总是带着微笑，竟然是他把异物混进去的？

可能看我的脸上还留着疑问，他解释说：

"浩浩自己也承认了。

"今天，我一到他们家，他就全招了。连往小林办公室的鞋柜里放死鸡的事也招了。"

"欸？"

"小林，你跟浩浩说过自己讨厌鸡肉，对吧？"

我的确有印象。那还是我第一天在那之后俱乐部上班的时候，浩浩劝我跟大家一起吃黄油鸡肉咖喱饭，我跟他说了自己讨厌鸡肉。

"前些天，正好他们学校养的鸡死了一只，他就想到了用死鸡来戏弄小林。于是放学后，他把那只鸡的尸体偷了出来，悄悄放进了你的办公室里。"

"原来是这么回事啊。"

看来不是佐神的威胁。

"给你添麻烦了，实在是抱歉。改天，我一定带上那孩子跟小林正式赔罪。一直没发现这些隐患，我也有责任。"

"桐宫，你没有什么需要道歉的……"

"你这个人可真是的。"桐宫叹了口气,"我在家访的过程中了解到,在鞋柜里放死鸡是浩浩干过的恶作剧里最严重的一个。你被人这么一吓唬,还能来我们那之后俱乐部上班,心理负担肯定很大。可你没有一句抱怨,还是出色地完成了工作。我真是服了你了。"

我心想,我也不是为了多高的理想才做志愿者的,之所以没有提出辞职,是因为根本没想到这一系列的恶作剧,始作俑者竟然跟那之后俱乐部有关。

不过,桐宫根本没有给我解释的机会。

"你这么为那之后俱乐部尽心尽力,我必须得尽快卸下你肩上的重担,所以才决定今晚对浩浩进行家访的。没想到就在这期间,那可疑的男人竟然找到这里来了。果然,这么晚了,不应该只留女生在那之后俱乐部的。"

"……"

"好在我赶上了,终于保护了你一次。"桐宫说着笑得眯起了眼,"终于,护了你一次。"

我从他的话里感受到了违和。

"终于?"我嘀咕了一句。

桐宫却极其自然地点了点头。

"我一直都想见到你。"

我抬头看了看他那被口罩遮住一半的脸,认真思考着他为何如此温柔地对我说话，脑海里却渐渐闪现出一种新的可能。

我怀疑过隐瞒了本性的渚是佐神，以为是他要杀我。

实际上，他也确实对我捅了刀子，但是他的动机是让恋人真凛畏惧他，而且他杀我杀到一半就跑去追真凛了。现在看来，渚不太可能是佐神。

也就是说，我还无法确定谁是佐神。

我的身体从脚尖开始发冷，莫非……

桐宫继续娓娓道来：

"你可能还不知道吧，我从很久之前就认识你了。"

在我们作为大学职员和研究生相遇之前，他就认识我了吗？

看着我一脸疑惑，桐宫给出了提示。

"那见市。"

他用充满回忆的语气说出了我的故乡的名字，在父亲被杀之前，我一直生活的海边小镇。

"我的老家也是那里。中学时代上学的路上，有一栋开西餐馆的木头房子。"

除了炙烤那见，还能是哪家？他在我小时候就认识我了吗？他隐瞒着这些接近我，用有偿志愿者来引我上套，恐怕是为了定期接触到我吧。

"那家餐馆，我真是太喜欢太喜欢了。不，我真正喜欢的是……"

我已经想堵住耳朵,不想再听下去了,他的真面目已经露出来了。

不过,我还是没法相信。

我惊得张开的嘴一直没有闭上,看着娓娓道来的桐宫,他身上一点也没有渚刚才那种喷涌而出的杀意。佐神最后要杀的,难道不是我吗?

想到这里,我又明白了一件事。

为什么我会觉得佐神要把我们全家都杀了呢?

如果他从一开始就没这么打算呢?如果他是带着某种目的一再地犯罪呢?而动机不是世人认为的那种发了狂,会不会有什么合理的理由呢?

为什么我会先入为主地认为佐神要杀我呢?

我的双亲和妹妹都被佐神杀了,我自己却没有受到伤害。我怀疑是来自佐神的威胁,也被证明是浩浩的恶作剧。

佐神从一开始就没想着要杀我吧?

为什么?我倒是想到了一件事。

那是,那时候——父亲被害前不久,我时不时地感觉到有人在盯着我看。但是,当时以为是错觉。所以,我几乎都忘了这件事。

这一桩桩、一件件,我都搞错了?

我和桐宫四目相对,他像是肯定我的想法似的眨了一下眼。

"那时候，我很想救你。我不想看到你流眼泪。所以，我隐藏了真面目接近你。但是，我当时只是个孩子，还很不成熟。"

听着他的声音，我陷入了回忆。

★

十岁的我，岁月就如那平稳流淌的河流。

爸爸依然对我疼爱有加。所以，仅仅被打了一次耳光的事也渐渐平复，流着眼泪离家出走的事，我几乎忘得一干二净。

在确认了爸爸对我的爱不变，我在家里的位置也很稳定后，我的意识渐渐又转向了莲。

果然我还是喜欢他的。

但心里依然有几个疑团：他在那见中学上学的事，为什么要瞒着我？上学路上，那个跟他关系亲密的女生又是他什么人？每一个问题的答案都无从知晓，因为我不敢质问他。即便如此，我对莲的喜欢也在与日俱增。

就算中间隔了一些日子，他还是会出现在我面前。

夕阳西斜的时候，莲来到我家门前，像是要寻找我的身影似的在餐馆前停下自行车。这画面已经成了我心灵的支柱。如果不是对我感兴趣，怎么可能会经常来见我？

而且，莲来的时候，我们就转移到店里的家人看不见的角落说话,这已经成了习惯。他是想成为大厨的吧,那样的话,一般不是应该一直盯着餐馆的方向吗?

我的期待逐渐升温,莲莫非也对我有意思?但是,我不能确信这一点。跟他见面的时候,也只能聊一些场面话。不过,这已经让人很开心了。

先迈出那一步的,是他。

那一天,我们比平时聊得更久。莲对餐馆的招牌菜柠檬炒鸡的做法很感兴趣,问了很多细节。那对爸爸最喜欢的我来说可是自豪的话题,但同时也是商业机密,不能什么都原原本本地告诉他。对于他的诸多问题,我都仔细斟酌着回答,这样来来回回的,时间就长了。

注意到的时候,太阳已经快彻底沉下去了。夜色加上头顶那茂密树枝的影子,连对方的脸都快看不清了。

待太久了!如果再不回家,爸爸该担心了。

"我得回去了。"说着,我就准备回家。

"等一下。"

莲这个名字是我在心里对他的称呼,他的面容酷似我喜欢的偶像,我就给他取了一样的名字。他应该不知道我叫什么。不互相称呼姓名也能继续聊天,我们就一直没问。现在再问也有点不好意思。

但是,如果涉及表白的话,就另当别论了。有谁不想知道自己初恋的姓名，不想被他喊着自己的名字表白呢？

我的心"扑通扑通"地跳着，等待他的下文。

他深吸了一口气后说：

"我想知道你姐妹的事。"

我以为自己听错了，他关注的竟然不是我。

"姐妹？"

"是的，一开始，我把她看成了你，以为你们是三口之家。但实际上，你还有一个姐姐或者妹妹吧？"

这跟我预想的完全不一样，我脑子一下子就不转了。

"这段时间，总是你在父母的店里帮忙或者在家跟前玩耍，你的姐妹却一直在木头房子后面的鸡舍里待着。"

听着他笨拙地组织的话语，我终于后知后觉。莫非，难道？

"我很久之前就开始注意到她了，所以……"

所以，才来我们家附近的是吗？

"我说，"他凑过来对我说，到头来，他还是连我的名字是什么都没问，"你们家发生的事，能实话告诉我吗？我想拯救她。"

什么啊！这么一想，情绪瞬间就"凉"了下来。

我看了一眼认真组织语言的他，心想，真是一个笨蛋。然后，我看了一眼我们家的方向。餐馆晚上已经开始营业了，木头房子里透出温暖的灯光。而后面的小屋是看不见的，连灯都没开的鸡舍已经完全融入后面的山中。

我把目光转回到他身上。如果他喜欢我的话，我也不介意喜欢他。但他根本对我没有意思，反而是对我的姐姐有意思。我觉得他肯定是眼光有问题，就算我俩长得像，明显我更可爱啊。

比起姐姐美樱，我绝对更可爱好不好！

六

可能是树木在夜里疯狂地吸收氧气的缘故，我觉得周围的空气都变得稀薄了。

桐宫微笑着诉说过往，勾起了我的回忆。

那些我读双胞胎妹妹妃奈的日记时的回忆。

我去她房间整理遗物的时候，在床边发现了几本日记。上面详细地记述着她觉得最幸福的时光发生的事。

印象中，她不是一个擅长写东西的人，我当时还挺意外的。从她下笔的力道来看，这些内容憋在她肚子里不吐不快，字里行间渗透着一股压力。妃奈可能是想通过缅怀过去来安抚现实中的自己吧。和父亲一起度过的孩提时代已经找不回来了。如果没有佐神杀害父亲的事，那幸福的生活就能永远持续下去了。

妃奈是父亲宠爱的女儿，可能他们父女俩对脾气吧。

作为双胞胎，我俩几乎长得一模一样，但是妃奈和我的气质完全不同。

父亲特别宠妃奈。

妃奈的回忆录里也几乎都是对父亲的思念。就连对初恋的描述，也都多次隐藏着父亲的影子。与此同时，对我和母亲却几乎只字未提。

不过即便如此，也不是说父亲原本就疏远我，他跟我说话的语调也充满着慈爱。那时候，我和妃奈经常钻到父亲在的厨房里。

当时，餐馆的经营状况并不好，父亲还有很多空闲的时间。苦恼于新菜柠檬炒鸡的销量低迷，父亲想方设法地进行改良，我们也帮着他一起尝试。

"十年前的你，我是知道的。"桐宫静静地说。

妃奈那青涩的初恋还没开始就结束了，她那充满回忆片段的日记也到此为止了。初恋对象看上的不是自己而是姐姐，对她来说并不是什么愉快的记忆。

而且，按照时间推算，妃奈失恋不久，父亲就被杀害了。她写了当时餐馆生意兴隆的样子。柠檬炒鸡开发出来半年后开始获得好评，父亲被害是在那之后又过了半年。虽然不能完全肯定，但根据季节推算，妃奈失恋可能就在父亲被害前不久。也就是说，如果继续写她和莲的关系，就不可避免地涉及父亲被害的事，她可能想回避这个话题吧。

我想的都是这些，所以哪怕我把妃奈的日记从头到尾读了一遍,也没有特别在意的地方。当然,也包括那个叫莲的少年的事。

但是,会不会是我看漏了什么?当时,那个叫莲的少年不是对妃奈,而是对我更关心这件事,妃奈理解成了他对我的爱慕之心,但我觉得这是不可能的。

"我当时亲眼看见了。

"一开始,我确实对有人气的西餐馆感兴趣,木头房子也很漂亮。所以,中学放学后,我就特意靠近跟前看了看。当然,我那时还不是一个人可以外食的年纪,我只想偷偷看一下餐厅里的样子。不过,从餐厅正面的窗户偷看的话,很容易被发现,还可能被骂一顿,所以我就跑到餐厅后面。"

他的话勾起了我的回忆,木头房子的餐厅入口已经变成琥珀色的墙壁的样子仿佛就在眼前。

"餐厅还没到晚上的营业时间,还没什么客人。我来到飘着香味的厨房外面的时候,发现这家餐厅的后面还藏着一个小屋。"

木头房子面朝大海、背靠着山,那个小屋就被餐厅和后面的山夹在中间。来餐厅的客人一般是注意不到的。

"我来到跟前,从那臭味和鸡叫声猜测,应该是鸡舍。出于好奇,我从门缝往里面看了一眼,我震惊了。在昏暗的小屋里,一个小学生模样的小女孩正独自一人在杀鸡。"

我想起了那被十几只鸡包围的狭窄小屋里的光景。

"小女孩面无表情地按住一边狂叫一边拍着翅膀的鸡,宰杀之后还要处理鸡的尸体。放血、拔毛、砍断骨头、切成小块。小屋充满了血腥味,小女孩的手也被染红了。即便如此,她还是那样面无表情,就算可能发现了我在盯着看,也依旧一只接一只地杀鸡。"

"……"

"我觉得自己目睹了不得了的一幕。我能感觉到女孩已经习以为常,但这更让我觉得残忍。虽然不知道具体情况,但这得给小女孩带来多大的心理创伤啊。一想到这里,我的心就疼痛难忍。"

我闭上双眼,十岁时自己的情绪鲜活地溢了出来。

我小时候,炙烤那见的生意很不好。

父亲总为此发愁,担心继承自祖父的这家餐厅会在自己手上关门。为了提升收益,他全力开发新菜品,虽然推出了柠檬炒鸡,但效果一般。他对此表示不能理解。

我和妃奈都想给他打气,经常去厨房找他,询问正在忙活的父亲能帮点什么忙。父亲微笑着对我们说:"那就拜托你们点事儿吧。"

一开始,我们只是帮着摆摆盘子。渐渐地,父亲也让我们帮忙准备食材。

妃奈一直都只是榨柠檬汁,因为她手比较笨,还没有自知之明。父亲说柠檬汁可是关系到柠檬炒鸡好不好吃的关键,一哄她就信以为真,干起活儿来也格外卖力。

而我则很快就上手用菜刀了,杀鱼、削皮信手拈来。经常被父亲夸,我心里也很得意。比起妃奈,我的手艺可强多了。

自然而然地,父亲也让我切鸡肉块。

可是,不知从何时起,这个工作向着奇妙的方向转变了。

当我意识到不对的时候,我已经和父亲两人在鸡舍里了。

那是已故的祖父建的鸡舍,我和妃奈都不允许进去。潮湿而腐朽的木板墙里,不用看,从那气味里就能判断出养的是什么动物。我从不愿接近这里。在父亲的催促下,我才迈步进到昏暗的小屋里,里面有五六只鸡。它们胖胖的身体摇摇晃晃地走来走去,很臭,却挺可爱的。

父亲抱起其中一只,按着狂暴地鸣叫的鸡,扭断了它的脖子。然后,用菜刀砍掉鸡头,放血,拔毛,一步一步地处理。

我已经忘了呼吸。虽然听说小屋里的鸡是用来做菜的,但完全没有细想过那句话的含义,也不知道鸡会流那么多血。

终于,父亲朝我看了过来。我不敢看他的脸,低下头,他的声音从上面降下来:

"你试试看?"

那绝对不是命令的口吻,父亲的声音很温和。

我怯怯地把手伸向了行动最迟缓的那只鸡。

第一次宰杀鸡并处理完后,父亲夸我的手法好。但是,血腥味和手上黏糊糊的感觉已经占据了我幼小的心灵,他的话我根本没仔细听。

父亲把我和他宰好的那两只鸡拿回厨房,做成了柠檬炒鸡肉让我们试吃。是他和妃奈吃的,我是无论如何都无法下咽,心里全是鸡舍里的场景。

父亲认真地对比了两盘柠檬炒鸡的味道后,仿佛找到了什么灵感。

从那以后,柠檬炒鸡肉用的鸡,宰杀任务就交给我一个人了。

父亲一到有人点菜的时候就跟我说:

"三盘的量,拜托啦。"

我处理好需要的鸡肉,搬到厨房。父亲在那里处理其他食材。妃奈也偶尔在那里榨柠檬,但她总是跑出去玩儿。

我把鸡肉递给父亲的时候,他总会对我说"谢谢"。渐渐地,这仿佛成了我分内之事。表扬的话也没有一开始那么夸张了,但每次都还是会谢我。

父亲为什么要让我负责宰杀,他没有解释,但是我能推测个大概。他比较了自己和女儿分别宰杀的两只鸡做成的柠檬炒鸡,可能是发现了味道的不同,我杀的那只不知道为什么更好吃一些。

不知道是他作为厨师的味觉敏感,还是他作为大厨带着某种厄运,我无从得知。

不过,自从我开始负责宰杀后,炙烤那见的柠檬炒鸡突然就有了好评。

餐馆的经营状况有了好转,家里的收入也有了改善。所以,不管是母亲还是妃奈,对于父亲让我负责杀鸡这件事,都没有什么异议,只是睁一只眼、闭一只眼。

餐馆的生意爆发式地火了起来,到了休息日,门口甚至都排起了长队。大多数顾客点的都是招牌菜柠檬炒鸡。这样一来,鸡舍里养的那些鸡就满足不了需求了。于是,父亲又从养鸡场定期买来十几只。狭窄的小屋里,甚至连鸡都走不动道,只能在狭窄的空间里上下点头,"咕咕"地叫。我每天都要进入其中。

绝对不是被强迫的,父亲只是请求我帮忙,他对我的语气都是温和的。

所以,我才去做的。

那段时间仿佛坠入了地狱。

每天一放学,我就一个人到鸡舍,按住濒死抽搐的身体、切开。死在我手上的鸡与日俱增,鸡的尖叫声还好,那种手感,鸡血的腥味和黏稠感刺激着五感,连眼泪都流不出来。

即便如此,我也有情绪动摇,怎么也抑制不住的时候。

那就是在小屋里跟鸡四目相对的时候。

我告诉自己一定不要去看鸡的眼睛,但巧的是扭断鸡脖子的瞬间跟它对视了。死不瞑目的鸡瞪着我,渐渐失去了生气。

我放下手中还温乎的鸡的尸体逃出了小屋。虽然还没完成父亲交代的分量,但我已经忍耐到极限了,为什么只有我要不停地做这么残忍的事?我冲进厨房,不经意间看到餐馆的正面,已经有一拨客人在那里排队了,他们正等着我们晚上开门就进来吃饭呢。

厨房里只有父亲一个人。他放下菜刀,回头看到脸色和举止都很惊恐的我,吃了一惊,问我怎么了。我第一次说出了真实想法,哭着告诉他,我不想再杀鸡了,再也不想回到那个鸡舍了。

接下来的瞬间,我还以为是鸡钻进嘴里了。刚才扭断脖子后砍掉脑袋的鸡,跑到我嘴里来了?

当我意识到正脸遭受了一击,血从嘴里冒出来的时候,我已经倒在了冰箱旁边。父亲突然一拳把我打飞,然后我倒在了这里。为什么啊?我万分不解。迄今为止,我一次都没被父母打过。

打了我之后,父亲反而一脸惊讶,想安抚我似的凑了过来,伸手要扶我。

但是,我已经洞察到父亲内心最黑暗的一面,赶紧起身逃离,冲出了厨房。然后一瘸一拐地走回鸡舍,因为根本没有别的地方可去。厨房里有父亲,餐厅里待会会有客人。我怎么都得继续杀鸡，眼泪和鼻血流个不停。我还是完成了任务，最后还用扫帚把一地鸡毛收拾干净，心想明天还得来啊。

正是那个晚上的事。

"我觉得当时的你真是太可怜了。"桐宫的声音打断了我的回忆，"我当时很想救你。"

所以，就杀了我父亲吗？

我呆呆地望着他。他凝视着我的眼神是那么温柔，仿佛能融化我的心。

佐神杀害父亲被捕后供述："只是杀了一个垃圾一样的人。"他通过观察木头房子和鸡舍，并通过妃奈了解我们家的事，才得出这样的结论的吧。只要炙烤那见的厨师不在了，我也就不用进鸡舍杀鸡了。

"我很想拯救你，却是个半吊子，结果还没来得及救你，就失去了你的下落。"

可能是杀了父亲不久，行踪就被警察知晓了吧。被抓到之后，他被关进了少管所，人也不得不离我们家远远的了吧。

"不管去哪里，不管过了多少年，我都没法忘记你。所以，在这个大学里偶然遇到长得很像你的人时，我惊得忘了呼吸。"桐宫的眼睛笑得眯成一条缝，"一开始，我无法确定你是不是当时那个女孩，只能知道作为教务处职员的你的名字。也无法看全你的脸，你从来都不摘下口罩。"

那是因为，我下意识地用手捂住了口罩，我牙齿不整齐，见不得人。

十年前，父亲打了我的脸，两颗门牙都松动了。我尽量不张嘴，不让任何人知道。如果被发现口腔的异常，被温柔的父亲打的事就露馅儿了。

而且，不用我怎么刻意隐瞒了，谁能想到，就在我被打的那天晚上，父亲就被人杀了呢？

父亲用我宰杀好的鸡做成柠檬炒鸡，结束了一天的工作后，像往常一样去散步，在途中被佐神杀了。佐神可能一直监视着我们家的木头房子，尾随从里面出来的父亲，可能也看到了当天我和父亲之间发生的事。我在二楼的儿童房里忍着牙齿的疼痛时，父亲就丧了命。

事件第二天中午才被发现，引起了轰动。所以，根本没人注意到我的门牙。

过了几天后，门牙的疼痛虽然减轻了，晃动却没有好转。我尽量用后面的大牙来咬东西，想保住这两颗门牙。但是几个月后，终于还是没保住，右面那颗门牙掉了。当时，母亲已经"人间蒸发"，我和妃奈分别被寄养到外婆和叔叔家。因此，没人怀疑我的牙跟事件当晚有什么关联。

但是，我和父亲最后的这点秘密却给我的外观造成了巨大影响。和妃奈本来一模一样的脸，在少了一颗门牙后，看着非常傻。吝啬的外婆看了也不说让我去看看牙医,我也没法说出口。

学校的同学看到缺牙的我都明着暗着嘲讽我。中学时代,真凛之所以给我留下深刻的印象,是因为她总是明着嘲笑我,其他人只是背地里嘲笑。

工作后,我拿到第一份工资,立即去了一趟牙医诊所。便宜就行,如果能补上一颗牙,这张脸可能就还看得过去吧。

但是,太晚了。已经不是缺颗牙补上就能解决的问题了。少了一颗牙之后,口腔里的牙齿失去了平衡,牙变得参差不齐,治疗费用已经能买一辆不错的车了,我只能放弃。我的牙可能一辈子就这样了。为了不让人看见我的牙,近年来,我几乎不在人前摘口罩。

"就算戴着口罩,我还是知道你就是当时那个女孩。"桐宫的话让我的指尖传来一阵战栗,"你跟那时候一点都没变,还是面无表情地工作,一点也不幸福。我想,这次一定不能再错过了。"

因此,他就找到母亲和妃奈,并把她们杀了吗?父亲的压榨让我苦不堪言,她们俩当时没有帮我,在他眼中就是父亲的帮凶。他是想把我们家其他人一锅端,以此来拯救我吗?

"我想看到你笑……"

"不要再说了。"

我已经听不下去了,打断了桐宫。

我尖锐的声音让他大吃一惊。

"你以为这样我就开心了吗？"

父亲的死彻底改变了我的生活。

确实，有好的方面。

我记得当时也有过片刻的解脱感。因为父亲被杀，母亲和妃奈就跟我的处境一样了。

那之前，我们家每天只有我生活在水深火热中。我一个人在小屋里一只接着一只地杀鸡，而不到十米之外的木头房子里，一家三口正享受着天伦之乐。同样是双胞胎，妃奈可以给父亲打打下手，在院子里玩儿，自由自在地生活。而我却不得不一只接一只地杀鸡，实在太委屈了。

这种不公的家庭状态，也因那事件被彻底改变了。

父亲被杀，母亲"人间蒸发"，我变得孤立无援，但是内心并不孤独，我还有一个跟我一样不幸的妹妹妃奈在。出生于同一片星空之下的妃奈在的话，就算没有双亲，就算一贫如洗，就算缺牙变得丑陋，也要比在那个木头房子里的生活好许多许多，只要意识到自己不是孤单的。

事实上，我也确实被那件事拯救了。

但是，他一定觉得我就应该因此而感激他吧。

他所做的事，就算让我沾了点光，也绝对不值得感谢吧。

他怎么说也是施虐的一方，杀了我的父亲。他拯救我的方式，就是将我们家全部打入深渊吗？就算他知道我们家的实情后，本着为我着想的念头向父亲下手，那也是他的自以为是。他这种施虐者，对我们这些受虐者，是用高高在上的眼光俯视的。

"小林？"

桐宫好像不知道我说的话是什么意思，眉头皱了起来。

这时，我才发现他还按着我的手呢。我想从包里拿出手机，他毫不客气地制止了我。

"别碰我！"

我推开他的手，用包砸向他。涌上心头的怒火让我浑身如同在燃烧。

包准确地命中了他的面门，我才意识到自己正在跟一个杀人狂对峙，这个男人已经杀了好几个人。而且，还隐藏得那么深。

"等一下，小林。"

他仿佛没有感受到被包砸脸的疼痛，伸手要抓住我。我"嗖"的一下躲开，撒腿就跑。就算这个男人对我没有杀意，我也是一秒钟都不想再跟他待在一个地方了。

看不见背后，却听得出来。

"等一下！"声音追着过来了。我穿过实验林，绕到教务楼的后面，走的正是从那之后俱乐部下班回家的路。

我一边跑，一边想着向谁求救。但是，深夜的校园里一个人也没有。我向教务楼的方向看了一眼，从那之后俱乐部回家的途中，经常看到一层的窗户里还亮着灯，但是今天漆黑一片。鹿沼偏偏今晚不加班吗？我想到了报警，手机却在包里，跟着包一起砸向了桐宫。现在后悔自己考虑不周也于事无补，还是先逃出大学吧。只要到了车站附近，就应该有人了。

我直冲着校门跑去。从教务楼后面跑到正面的时候，我远远地看到了桐宫的身影。他好像是从那些教学楼的后面绕过来的。我虽然走的是近道，但对方跑得更快。如果被他发现，他肯定很快就能追上我。我赶紧躲在教务楼的后面，心里盘算着要不要从后门逃出去。

我向着反方向跑去，但是很快就像撞到了墙似的摔倒在地。我赶紧撑起身来，手上和腰上都是土，一种发酸的香味刺激着鼻孔。我抬头一看，是个细细的、弯曲的身影。不是墙，是柠檬树啊。原来是我和桐宫第一次见面时那棵柠檬树，是它挡住了我的去路。

"呜——"

我疼得不由自主地叫出声，从来没看柠檬树这么不顺眼。

但是，这么一撞，反而让我更加冷静了，我也渐渐恢复了判断力。

柠檬树的另一边是无边的黑暗，从这里到后门有相当长的距离。而且，必须从刚才穿过的实验林经过。那片林子，稍早前渚追着真凛跑进去了。虽然渚不是佐神，但他也不是个正常人。为了在恋人面前展示自己的强势，竟然想对我下杀手。他会不会还在林子里转悠呢？可能性很大，如果碰到了他也是相当危险的。这么想来，只能从正门突破了。

虽说从正门出去不会马上到车站，车站的名字叫大学前站，但是从车站到大学门前，要走一段很长的上坡路，需要二十分钟左右才能走到。虽然跑过去可能只需要一半的时间，但就这一条路，很难向谁求助。周围也没什么建筑物，跑到车站前肯定会被桐宫追上的。

到底应该去哪里好呢？

急得我眼泪都要出来了，我突然想到了一个地方。

我站起来掸掉身上的土，在建筑物后面快速扫视了一遍。桐宫的身影意外地没朝着我这边来。我小心地巡视着四周，小跑了起来。桐宫好像在实验林的时候就把我跟丢了，所以不知道我逃跑的小路，而是朝着教务楼前那宽宽的大路走去。

这么好的机会可不容错过。我膝盖弯曲，双腿蓄力，瞅准他背对我的时机，"嗖"的一下从建筑物的后面蹿出去。我没有走铺装路，而是沿着道路两旁的树附近往前走。地面是土的话，也能"吸收"掉脚步声。只要这么一直往前走，就能到正门了。

但是，仅仅过了几秒钟，身后就传来令人厌恶的气息。我回头瞄了一眼，桐宫的身影正在逐渐变大。我很想告诉自己这是错觉，但明显他是朝着我跑来的。还是被发现了！隐约听见他还在喊着我的名字。

我不再用树木作掩护,想着能跟他保持哪怕多那么一点距离也好,沿着沥青路继续跑,离正门不远了。急促地喘着粗气,我拐过转角,看到了!石头垒起来的校门矗立在黑暗中,跟前还有一盏小灯亮着。

我朝着那泛着昏黄灯光的窗口全力奔去。

"有人吗?"我敲了敲玻璃窗。

跟想象的一样,里面是那位偏老的门卫大叔。他正坐在椅子上,悠闲地用自带的咖啡研磨机磨着咖啡豆。

"请帮我报警!"

"你说什么?"

"帮我打110,快!"我急忙重复道,但是窗口里的反应相当迟钝。门卫应该是认出了我就是在大学工作的人,但好像没能立即消化我说的内容。

"发生了什么事啊?"他虽然开口了,却还在椅子上悠闲地坐着。

糟糕,我急得直冒汗,桐宫马上就转过弯追上来了。如果看到我,他肯定会阻止我报警。

我离开窗口,把手伸向旁边的门卫室的门。幸运的是,门一下子就打开了。巡逻的时候上锁、开锁很麻烦,所以门卫没有随时锁门吧。我毫不客气地钻了进去,反手就把门给锁上了。

里面是一个三四平方米的房间，门卫大叔从旋转座椅上转过身来，一脸吃惊地抬头看着我。

"我说，你这人怎么回事啊？"

"有人在追我。"

我简短地跟他解释，然后拉开了里面的门，有个暗间，貌似是个休息室。我没有多想，也没时间多想。

"让我躲一下吧，求求您啦。"

我没等他答应，就把门给关上了。如果能反锁就更安心了，但是这个门好像没有锁。

"发生了什么事啊？"保安充满疑惑的声音从门后传来，手放在了门把手上。就在这时，"有人吗？"窗口方向清晰地传来这样一句。

我吃了一惊，是桐宫的声音。他已经追到这里来了。

外面有人在说话，门卫大叔暂时放弃了对我刨根问底。

"来啦，来啦。"听声音，门卫向着窗口的方向去了。

求你啦，我默默地恳求门卫，一定要把桐宫顺利地糊弄走啊。

也许是稍微跟桐宫保持了一些距离，我悄悄地离开了门。房间里没有开灯，我环视了一圈，这里比窗口那个房间要大一些，不过也就七平方米左右，门卫大叔可能在这里打个盹儿什么的。没发现有固定电话。我想可能是为了方便在窗口接待来访，兼着内线的电话被放置在窗口的位置。要报警的话,也只能等桐宫从窗口离开再说了。

而且,这个房间没有窗户,也没有后门。除了藏在这里,没别的办法了。我紧紧地抱住自己的双臂,只要我一点声音都不出,桐宫应该就不会发现我藏在这里,前提是门卫大叔能够顺利地应付过去。

窗口的方向传来两人嘀嘀咕咕的声音,但是听不清他们在说什么,应该是桐宫询问我的下落,门卫大叔装作没看见我吧。让我奇怪的是,他们的对话怎么还不结束?桐宫对门卫大叔的话起了疑心吗?

正想着,突然传来门卫室门的开关声。

"你干什么?"

"啊——"

然后是慌乱的脚步声和好多东西掉落的声音:闷哼声,叮叮当当,"咣当"一下沉重的物件倒地的声音。

怎么会这样?我向房间的后面撤了几步,难道是对门卫的态度起了疑心的桐宫,闯到门卫室里了吗?这些声音应该是门卫大叔为了阻止他发出的吧。最后那重重倒地的声音,如果是门卫发出的话,桐宫很快就会发现这个休息室的存在吧。

这可如何是好?!往后撤着撤着,后背已经贴墙了。无处而逃!只能和桐宫对峙了。我翻了一下全身上下,看看有没有什么可以防身的东西。刚关上的门突然大开！

窗口的灯光一下子照进房间。

不知是什么东西反射了一下灯光，虽然只是一瞬，却晃得我眼晕。那是长长的秋刀鱼一样的东西，朝着房间露出尖来。当我看清那东西的真面目后，我的腿已经软了。一个男人的身影走了进来，手里拿着利刃来抓我。那是日本刀吧？哪怕是在房间入口都能一刀把我刺穿的那种长刀。他是什么时候准备的啊？这东西可不是我一个弱女子能躲开的啊。我的嗓子里发出哀求的声音。

"桐宫先……"

话说了一半，我立即吞了回去。

那身影逆着光虽看不清，但渐渐露出了真容。我前面站着的这个男人，穿的不是西装，而是深蓝色制服。

几分钟前的光景一直在脑海里萦绕，悠闲地磨着咖啡豆的他，正哼着歌。

听起来像是"喊哧咔嚓"的旋律。

七

耳朵里满是自己急促的呼吸声。

我以为是自己的眼花了。

为什么门卫大叔会对我挥刀相向？

仔细一看，他后面躺着一个身穿西装的身体，好像是桐宫倒在了窗口所在的那个房间。被打晕过去了吗？一动也不动。

脑子里又闪过新的念头。

以为桐宫就是佐神这件事，我会不会搞错了？

他出身于那见市，知道我小时候的事可能是真的，目睹我为了餐厅的生意被强迫宰杀活鸡的情形，想帮助我解脱也可能是事实。

但是，这种事对当时只是中学生的桐宫来说已经超出他的能力范围了。他通过接近我妹妹妃奈逐步了解我家里的情况后，发现自己什么都帮不上，所以才说出自己是半吊子那样的话吧。而不久之后就发生了我父亲被杀事件，我们家分崩离析，我被安排到外婆家离开了那见市，桐宫因此再也见不到鸡舍里的少女了。

所以，桐宫忘不了我这种事我也是能理解的。腐朽的木屋中少女杀鸡的光景清晰地烙印在了他的脑海里。对他来说，我可能是这个世界上被虐待的孩子中最具有代表性的吧。

他想拯救那些被虐待的儿童不只是说说而已，从桐宫在大学里组织志愿者社团这件事就能看出来，那之后俱乐部专门为那些父母下班很晚的孩子提供帮助。他不仅帮着照顾孩子，发现孩子的品行有问题还会去家访。

而突然有一天，他在大学的校园里发现了在教务处工作的我。

午休的时候，我们在教务楼后面碰到后，他过了一会儿只是上前跟我打了一声招呼。可能是无法确定我就是那个鸡舍中的少女。他跟我打招呼，正好是妃奈被怀疑杀人骗保引起轰动的那段时间。

那段时间，我还以为桐宫不知道人们议论纷纷的杀人骗保事件才邀我去做志愿者。实际上可能恰恰相反。桐宫是看了质疑的新闻报道之后，才确定我就是小林妃奈的姐姐，也因此才主动上来跟我打招呼的吧。度过了悲惨年少时代的少女，现在过得怎么样，他一定很想知道。正因为我有这种不幸的童年，他才觉得我比较适合在那之后俱乐部做志愿者吧。

事实会不会只是这样呢？

我也想过他说的想拯救我这句话，并没有什么奇怪的，不会以此为理由杀了父亲后又杀了妃奈和母亲。

为什么这么说呢？桐宫对我说的话没有暗示过任何犯罪事实，他只是说想拯救我、保护我。我是不是下结论太早了些？

看到我跑，他就追上来，也纯粹是为了我的人身安全吧？我刚刚才被渚拿刀袭击过。

如此说来，佐神实际上另有其人。

不过，我的意识从地板上的桐宫回到眼前。

对方手里拿着日本刀，眯起眼对我笑着说了一句："好久不见。"

跟每天在校门口寒暄时的语调截然不同。

难道说这个门卫才是佐神吗？

就算他再怎么往年轻了说，看起来也不像二十几岁，应该是四十五到五十岁吧，跟现在行踪不明的佐神年龄不符啊。

"你、你是谁？"

我声音沙哑地问。

"哎呀，你还不知道吧，实际上我们以前还见过一面呢。"

不是吧，就以前见过一面而已，没必要拿日本刀捅我吧。

"已经过去十年了吧。当时隔着玻璃窗，我却看到了你的脸。"

我和门卫四目相对，我想起来这个面孔了，我"啊"地叫出声来。

十年前，父亲被杀之后，佐神被捕后两周左右，有两个人来过我家。虽然被母亲隔着门轰走了，我却从玻璃窗看到了那人的面容。是他！

看着我渐渐回想起来的样子，他用一种略显滑稽的语调报上名号。

"在下佐神逸夫是也。"

他，就是佐神翔的父亲！

★

从记事起，佐神逸夫的脑子里就总是回放着武士"喊哧咔嚓"砍人的光景。

为了成为手起刀落的武士，他杀了自己的母亲，但他失败了。他母亲的血不断喷涌，根本不是电视上那种刀落人倒地的样子。就算去杀其他人，估计也是同样的结果吧。今后该如何是好呢？他陷入了迷茫。

就在这时，发生了一场命中注定的邂逅。

中学时，他认识了一个女生，后来想想应该是佐神一见钟情。

少女面朝大海的家开了个正骨诊所，她从心底里尊敬着作为正骨师的父亲。

虽然对正骨没什么兴趣，但他想跟少女搭话，就问了很多他们家诊所的事。

少女告诉了他很多从父亲那里学到的正骨知识，其中有一句话让佐神格外心动。

"骨骼这东西据说父母和孩子会很像。"

也就是说，人体的骨骼构造是有遗传倾向的。就算有胖有瘦，外形差异很大，但父母和孩子之间的骨骼很多时候都是相似的。

少女的无心之言,在佐神的大脑里飞速闪过。有那么几秒,他眼前一片空白。

原来如此,他心里暗想。不应该漫无目的地杀人,而是盯住一家人,挨个杀!

一开始,可能还是砍得不顺利,跟杀自己母亲的时候似的。但是,随着经验的增加,下一个目标又是同一家的人的话,和上一个的骨骼结构相似,只要瞄准骨骼之间的空隙,就应该能"咔"的一下砍倒了吧,而且再下一个会更得心应手。随着经验的积累,到杀那家最后一人的时候,肯定能跟预想的一样挥出完美的一刀。

自己终将成为嘎嘎乱杀的武士。

这个念头一成,佐神甚至想一跃而起。但一想到旁边的少女肯定会起疑,他就只能按住膝盖强忍着,脑子里一直有"喊哧咔嚓"的旋律响个不停。真是太有道理了,真想马上展开行动。

虽然想,实际做起来却困难重重。

选好一个家庭作为目标后,必须在警察抓不到的情况下一个一个杀。这需要相当高明的计划和手段,这可不是信手拈来的,被逮捕这种事是万万不能发生的。一旦被关进劳教所或者监狱,肯定是再也无法成为武士了。

更重要的是,他舍不得少女。

在他内心,对少女的爱和对武士的憧憬是同等重要的。不,这份爱要稍微凌驾于武士梦之上。如果他杀了人，少女应该会很伤心吧。这种想象让佐神压制住了内心的冲动。在武士梦和少女之间，他选择了留在少女身边，无论过了多少年都没有变。

佐神对少女的相思如泉涌，日子久了，也渐渐成熟了。少女也回应了他的这份爱慕。两个人在那见市里共同成长，在双方都步入社会后自然而然地结了婚。

拖家带口之后，佐神成为武士的梦想进一步淡了。为了能让成为妻子的少女每天都开开心心的，他必须认真工作。在正骨诊所长大的妻子，虽然十分尊敬自己的父亲，但也深知自负盈亏的严峻性。为了让她衣食无忧，佐神努力成了大企业的正式员工，不再让她为生计发愁。

妻子怀孕了，随后独生子翔诞生，佐神变得更加忙碌了。佐神在职场做拼命三郎的同时也帮着照顾孩子，自己的孩子虽然可爱，但他的原动力自始至终都是少女。哪怕成了妻子、母亲，他对少女的爱还是那般炽烈。

结果就是佐神与自己的武士梦渐行渐远，每天都忙得不可开交，根本没工夫制订他那华丽的杀人计划。

这种状况，直到她发生交通事故离世为止都没有变化。

听到噩耗的佐神狂奔到医院，当时妻子还有气。

"翔……就拜托你……"

她临终前嘱托了丈夫一句，就闭上了眼睛。

从那以后，佐神的人生就变成了践行妻子的遗言。一边工作，一边照顾家里，打扫卫生、洗衣做饭，参加家长会……一个大男人拼了命地抚养儿子，只因为这是他妻子想要的。

他绝对没有忘记自己的武士梦，灭门的梦想就如同未完成的艺术品一样遥不可及，他内心深处却一直没有忘记。等自己闲下来，早晚要实施。本来作为翔的父亲这个身份要跟随他一辈子的，也不知道这个"早晚"要多久。

而且，让佐神的愿望更加遥远的事发生了。

儿子翔比他更早地把人给杀了。

已经是中学生的儿子也有杀人的倾向，佐神做梦都没想到。直到警察来到家里，他才第一次知晓。从几年前就开始有杀人念头的翔，把同一个城市的陌生男子用刀杀了。随后，警察在入室搜查的时候，在翔的房间里发现了一个笔记本，上面记录了杀人的每个细节。

佐神虽然震惊于平时老实巴交的翔会行凶杀人，心里却觉得可以理解。不为别的，因为那是自己的儿子，拥有相同的"脑回路"也没什么奇怪的。

就连翔对警察说的"只是杀了一个垃圾一样的人"这一点，佐神也能理解。被害人小林恭司据说经营着一家西餐馆，经常戴着从上一代传下来的围裙，佐神在新闻里看到过小林生前的照片，老旧的围裙布满了污渍。

而翔喜欢干净，反正得杀一个，那就给这个世界清除一个脏东西吧，他肯定是这么想的吧。梦想着成为武士的佐神虽然没有洁癖，但结果就是他们父子二人都走上了杀人之路。根本不用教，因为他们是父子，就是这么奇妙。

不过，如果跟人说自己能理解儿子杀人的动机的话，肯定不被世间所容。佐神只能把那些无法割舍的念头深埋心中，遵从着一般人的逻辑。再加上有妻子的遗愿，他不得不保护儿子翔。儿子没有考虑后果就直接动手杀人，这也算他教子无方吧。

佐神一个劲儿地跟周围人低头谢罪，并和律师商量之后决定去受害者家属那里谢罪。他以少年犯加害者的父亲的名义，做了常识范围内能做的一切。即便如此，世人的批判也没有消失，佐神被迫辞职，以养子的形式加入了母亲的家族，并改了姓。为了能给翔一个重新做人的机会，他必须再"支棱"起来。其间，他还要去探视被判了刑的翔，根本顾不上自己的梦想。

但是，小林恭司被杀十年后，托了自己儿子的福，佐神感觉实现梦想终于有了一丝可能性。

八

佐神翔的父亲，这又是怎么回事？

我瞪大双眼，盯着站在那里堵住去路的男人。他手中的日本刀的刀尖，没错，正对着我。

　　为什么我会被这个男人盯上？这让我比被佐神盯上更难理解。作为被害者的家属，作为在职场上经常互相寒暄的同僚，我不记得哪里得罪过他啊。我发誓，我没做过任何对不起他的事。

　　不，根本就不是这么回事。

　　一个念头在我脑海里闪过。从某种意义上来说，这是必然的结果。

　　十年前，他来到我家门前谢罪，我见到他深深弯下腰低头认错的样子。当时，我还以为那是作为杀了我父亲的少年罪犯的家长理所当然的态度。

　　但是，为什么我们会先入为主地认为加害者的家属一定会有悔过的意识呢？他们会不会深信自己犯罪的亲人有着某种正当的理由呢？

　　我们一家都出生在被虐者所属的星空之下，虽然不知是何原因变成这样。

　　那么，施虐者所属的星空下出生的人，会不会一家全是施虐者呢？加害者的父母也带着一丝加害者的气质，一点也不奇怪，这到底是遗传还是命运呢？

　　我是无从知道了。

　　"你妹妹可让我很意外啊。"佐神的父亲说，仿佛是在唠家常，"四个月前，小林妃奈突然来到我独居的家门口。她肯定是知道了我就是翔的父亲，说有话要跟我讲。为了不引起邻居怀疑，我让她进了房间。谁知她上来就给我看了手机里的照片，拍的是翔的尸体。"

"欸？"

我不明白他说话的意思，佐神翔现在不是下落不明吗？

"半年前从少管所出来后，翔在一家建筑公司上班，住在员工宿舍里。我和他虽然分开住，但时不时地还会联系一下。但是，我一周前给他发的消息一直没有回信。我虽然觉得有点奇怪，但那孩子从所里出来后变得很稳重，我也就没多想，应该不会再惹出什么麻烦了吧。可是，妃奈小姐给我看的尸体的照片，毫无疑问就是翔的脸，说是她给弄死的。"

不会吧，那个妃奈吗？

我想起最后一次跟她见面时的场景。她用非常不快的语气，将佐神从少管所出来的事告诉了我。难道从那个时候起，她就下定决心，一个人杀掉佐神吗？难以置信。

"妃奈小姐亲口告诉我，是她杀的哟，说死尸就别想找到了，早就沉到永远都不会浮上来的地方去了。还说佐神翔受未成年人保护法的庇护没有受到应有的惩罚。"

这不是真的，我的妹妹怎么可能是那种人呢？

我想大喊，嘴巴却不好使了。

"我当时惊得目瞪口呆。妃奈小姐歪着嘴笑着看我，可能是觉得大仇得报了吧。她没打算放过杀死自己父亲的翔，还想连他的家人一起报复。那种被人夺走家人性命的委屈，她也想让我感受感受吧。"

好不容易到嘴边的呐喊冻在了喉咙。

这还是那个温柔的妃奈吗？还是那个通过真挚的鼓励，将铜森和川喜多这些恋人从人生的谷底拉出来的妃奈吗？是被功成名就的铜森抛弃不怨恨，川喜多意外身亡赔付的保险金也全部捐出去的善良的妃奈吗？

不过，妃奈也确实比谁都更爱被杀的父亲。

和我不同，深受父亲宠爱的妃奈没有被强制要求去杀鸡，只要在厨房里跟在父亲旁边榨柠檬就好了。那应该是她人生中最安稳、惬意的时光了吧。如果没有发生那件事，这种幸福的生活不会终结，也不会有现在的贫困和孤独。这么一想，妃奈可能是最难以忍受的，她对佐神翔的恨比我要深好多层。

积恨最终转变成对佐神凛然的杀意。即便如此，一般情况下也难以得手。盲目地杀人，然后被警察抓捕会显得很愚蠢。完美地隐藏证据的方法也不是没有，但那岂是外行能了解的？不过，妃奈没准儿真知道那些知识。

调查妃奈保险金欺诈嫌疑的时候，提供情报的金田曾经说过，筑野BAL以前有笔巨款被员工卷走了。作为经营者的铜森拼命寻找，终于找到了那个员工，结果拿回了比丢失的还要多的金额。

铜森具体做了什么，我没敢问，但从那转危为安的故事中，我闻到了浓厚的"硝烟味"。

比如，铜森悄悄地杀了那个携款潜逃的员工，然后卖了他的器官，没用的尸体则处理成事故死亡的样子。

而这些，妃奈可能都知道。当时，他们正在交往，完全有可能从铜森那里听说过细节。

妃奈或许把铜森的作案手法用在了恨之入骨的佐神身上，谁能想到人们眼中下落不明的佐神，早在四个月前就已经被杀了呢？

想象了一下妃奈的所作所为，我再次倒吸了口冷气。

"妃奈小姐一上来就给我看儿子尸体的照片，那种心情你能想象吗？"佐神翔父亲的声音突然传来，"妻子临终前的遗言我一直遵守，尽我所能培养我们的儿子。哪怕他犯了罪，哪怕他已经长大成人，我都打算一直扶持他。而翔却突然先我而去，知道这些后我的心情，你能想象吗？"我不知道如何回答，他好像也不是在征求我的意见，只是走个形式就继续往下说，"我觉得我自由了！"

"……"

"因为亡妻的嘱托，我才拼命地守护他。现在翔不在了，我以后还照顾谁啊。我这是解脱了，自由了啊！以后，我想干什么就干什么，武士梦也可以可劲儿去追了。"佐神翔的父亲用夸张的动作重新架好日本刀，"我当时甚至想在妃奈小姐面前手舞足蹈。在极端情况下，我当场把她杀了也无所谓，但我又觉得不妥。为了成为合格的武士，我必须制订好详细的计划，选好目标再下手。所以，我没出手。"

不知道他在说些什么，但是他那滔滔不绝的样子，显得比实际年龄年轻很多，眼神中闪烁着憧憬的光芒，仿佛一个少年的灵魂被封印在了中年人的身体里。

"我想来想去，既然小林妃奈的父亲被翔杀了，那我为了成为武士索性就研究小林一家吧。杀你们小林家的人研究骨骼结构，研究完继续杀。"虽然隔着口罩，我也能感受到他嘴角泛起的邪笑，"我知道你们小林家的情况，因为要去给被翔杀掉的人的家属谢罪，当时就查了一下。好像是父母和两个女儿。家中的父亲已经被翔杀了，不过好在翔留下了杀人的笔记。就是人们所说的肢解笔记，我已经看过了，内容已经全都印在我的脑子里了。那孩子杀你父亲的情景可是记载得相当详细呢。想来，那可是研究一个人骨骼结构的绝佳材料啊。托了他的福，我已经掌握了小林家骨骼结构的基础。还有三个人，只要我一个一个杀下去，肯定能对成为武士的修行有帮助。

"下定决心之后，我将以前所想抛之脑后，飞扑向妃奈小姐，制服了她。为了不让她逃走，我把她绑了起来，用家里放着的刀把她杀了。"

妃奈知道去佐神父亲家会有一定程度的危险，即便有些心理准备，面对突然的袭击，她得有多害怕啊。

"就算在脑子里计算过无数次，一开始果然还是不顺利啊。刀也不是很快。不过，也算是一个很好的学习机会了。妃奈小姐和你父亲的骨骼有很多不同点，就算父女之间有遗传因素在，因为性别和年龄的关系，也会有个体差异啊。不过，也算是一次不错的练手，接下来就是小林家的母亲了。"佐神父亲的左手松开了日本刀，用手指弹了弹刀身，"杀了妃奈小姐之后，我买了他人的户籍，也整了容，化身成完全不同的人。这样一来，佐神翔父亲的踪迹就没人能知道了。翔也一直像世人所认为的那样继续下落不明。妃奈小姐为我处理了翔的尸体，倒是省了我很多麻烦。

"我做足准备，磨好刀，找到你母亲。然后把她杀了。我感觉自己找到了一些微妙的手感，先了解母亲的骨骼结构是对的，因为孩子的骨骼继承了父母双方的基因。于是，我就一直等待时机。"

他在等什么时机，我不敢问，也不用问。现在，我们家除了我还有谁活着呢？

"对喽。"佐神翔的父亲像是读出了我的想法一样点点头，"小林美樱女士，等的就是杀你的日子啊。我杀了小林家的母亲和双胞胎中的妹妹。已经尽可能详细地研究了你们小林家人的骨骼结构，而你作为集大成者，我会'唰'的一下砍倒。我调查了你的工作地，并且作为门卫被雇用在一个地方，每天跟你打招呼，观察你的情况。可是，动手的机会很难找到，妃奈小姐的嫌疑以及我杀你母亲这件事让周围一直有记者蹲守。我正愁无计可施的时候，你们自己跑到我的地盘上来了。真是，太感谢你们了。"他稍微回头看了一眼倒在地上的桐宫，"杀了你之后，我再把他杀了，做成自杀的样子。现在看来，虽然有些老套，但是殉情这种事也不是没有。你们俩，看着还挺般配的嘛。"他马上又朝我看来，"那么，我们就开始吧。这回一定能干净利落地成为武士了吧。"

他的左手再次放在刀柄上握紧，好似锁定目标一样眯了一下眼。

我呆在原地一动不能动。

佐神翔的父亲在说什么，我连一半都理解不了。我只知道他要杀了我，虽然我跟他无冤无仇。

几秒之后，这个男人手中的刀就会刺向我了吧？就算想躲，后面已经是冰冷的墙壁了。怎么想也没有活路了。

我将会被当成昆虫一样杀了吗？

眼角瞬间涌出热泪。

岩浆般的大颗泪珠不断落下。

"怎么还哭起来了？"仿佛是扫了兴，佐神翔的父亲肩膀稍微下沉了一点,"武士的敌人可不是哭鼻子的胆小鬼。"

他错了。

我流眼泪可不是因为胆怯。

不是因为哀伤或者痛苦。

是因为不甘。

为什么总是我这么倒霉?为什么最后还是被佐神父子虐待?为什么就不能让他们也遭受一次打击呢?

我吃了一惊,第一次知道内心是这样的想法。

我一直怨恨佐神翔,自己想杀人就随手杀了我的父亲,让我的人生陷入泥潭,他实在是太为所欲为了。

但事实上,如果我有能力的话,谁不想做那施虐者呢?只要看谁不顺眼就打他一顿,我也憧憬过成为那种能保护自己的人。如果我能像佐神一样活着,我的人生将多么轻松啊。

十年前,如果在他杀父亲之前,我就能像他那样的话,我也不会在鸡舍里度过暗无天日的一天又一天了。我甚至想过,无论在哪里,我都能不再唯唯诺诺,而是飞扬跋扈地活着。

我无法原谅佐神翔,还因为他实现了我梦寐以求却求而不得的东西。我嫉妒他,非常、非常嫉妒。

但是,开水一般的眼泪形成了一层膜,让我眼前一片模糊。我无法走向佐神他们那一方,我是属于被虐者一方的,和我一样天生属于被虐者的父母和妹妹都已经被杀了。这种命运无法改变。所以现在,我特别不甘。

"你这样的话,一点气氛都没有啊。"佐神的声音带着对弱者的嘲讽,"你得像个强敌,至少得给点反抗啊。"

佐神嘲笑着我。

不,我在模糊的视线中飞速思考。这不是佐神的声音,是佐神父亲的,因为佐神翔已经死了。

"哐当!"脑子里像有陨石砸落。

是啊,佐神翔已经被我妹妹杀了,而尸体也神不知鬼不觉地被处理掉了。

流星般的光芒照进大脑。

向杀害父亲的凶手复仇,对妃奈来说可能是很愉快的。

如今,我仿佛听到了她当时的心声——泛着寒光的刀尖刺中目标,出手就是全力。看着因痛苦而扭曲的表情,心想着不够,还远远不够!

然后,她的脸上浮现出一种十年来我都不曾见过的表情。

热泪开始蒸干,眼前渐渐清晰。

我觉得妃奈跟我是一类人,定期约着见面,吐吐槽。

但是,妃奈却不一定这么想,只是在迎合我这个可怜的姐姐罢了。就算她也吐槽自己的工作不如意,却对自己的恋情惜字如金。是可怜我这个没人要的姐姐,所以才选择性回避这个话题的吧,肯定是这样的。

为何这么说？从她杀佐神翔这件事可以看出，她也是施虐者那一方的。虽说有仇，但那也是一个独一无二的生命啊，就那么给抹杀了。

妃奈得偿所愿之后不久，就轮到她自己被佐神的父亲杀了。但是，这说到底只是施虐者之间的优胜劣汰，她并非一开始就是被虐者。

我的心开始剧烈跳动，剧烈到我嗓子都要冒烟了。

父亲不也是这样的人吗？

他虽然不幸被少年犯杀死，但是在死前，他一直压迫着我。利用孩子不敢拒绝父母的请求这一心理，让我为他宰杀活鸡。这不是施虐者又是什么？而没有对我伸出援手的母亲也可以被认为是同类人吧。

热血在浑身奔涌，我们一家果然都出生于同一片星空之下啊。

小时候，我觉得杀鸡是很痛苦的事。但是从那群鸡的眼里看来，我又何尝不是施虐者呢？我妥妥的就是施虐者啊！

"这才像话嘛。"看我抬起了头，佐神的父亲高兴地说，"武士的敌人是不会临阵掉眼泪的。我会像砍掉树枝一样，'嗖'的一下砍断，你'咣当'一声倒地，就这么干净利索。"

他举起日本刀，长长的刀身闪烁着寒光，看起来就像飞溅的柠檬汁。

我突然想到了炙烤那见的招牌菜，柠檬炒鸡。

为了提供这道菜，没有任何罪过的鸡不断被杀掉、肢解，大量的柠檬被榨成汁。厨房的纸板箱里堆积了大量柠檬，被父亲和妃奈以及我用力握着榨成汁，柠檬的皮都破了，一个接一个地化作无用的残骸被丢掉。

教务楼后面的光景也在脑海中浮现。那里种着一棵柠檬树，枝条上长着还是青果的柠檬。

只要想摘，伸手就能够到。就算被人碰到，柠檬也毫无防备地任人采撷。一开始就知道自己是被榨取的命运，所以连根刺都不长，也没有毒。被虐的人也是一样，所以才会被那么轻松地干掉吧。

但我不一样，我是知道怎么摘柠檬的。都要被杀了，岂会坐以待毙？不如听从自己内心的想法，先下手为强。

而且，我知道怎么榨柠檬。

意识到这一点，我的心脏跳得更加剧烈了，全身都充斥着炽烈的血液，感觉力量不断从丹田涌出。

佐神的父亲向我走近，刀向后摆，作势要砍。

我没有犹豫，起身向对方飞扑过去。同时，右手放入口袋，里面是从那之后俱乐部的毛绒玩具里取出来的玻璃片。我紧握着玻璃片，扎进那少年般闪耀着光芒的眼睛。

没出息的哀号响了起来。眼前深蓝色的制服大幅度地跳跃着,玻璃片的尖端完美地命中眼球。"咣当",长长的东西掉在了地板上——佐神的父亲松开了手里的日本刀。我没有放过这个机会,赶紧捡了起来。佐神的父亲见状,捂着左眼向我冲了过来。

我冷静地挥舞着刀,肢解鸡的时候,我可是用过无数次刀,只要把那些经验用到眼前的人身上就肯定没问题。"扑哧,扑哧……"对方的皮肉裹住刀尖的感觉,飞溅到脸上的鲜血的温度,都让我感到熟悉。只要把对方当成大号的鸡,对我来说就是小菜一碟。

不一会儿,佐神的父亲就"扑通"一声倒在了我面前,看样子再也站不起来了。

我喘着粗气,放下手中的日本刀。赢了!是我赢了!看着突然在脚下缩小的尸体,我还能思考。

这种情况,我应该会被判成正当防卫吧?虽然不会彻底无罪,但也不会被判重罪。就算判我防卫过当,也会缓期执行吧?我还能光明正大地在世间行走。

父亲、妃奈、母亲、佐神翔以及佐神的父亲,这五个人的死亡,让我终于从过去和罪恶中解脱出来,获得了自由,迎来崭新的人生。总算能过一过正常人的生活了。

出生在施虐者的星空之下的我前途一片光明,挡住我路的人,把他们全部毁掉就好了。本来,我就是因为工作能力出众才被派遣到受欢迎的大学教务处工作的,我完全有能力在这个社会上好好活下去。

我把手放在嘴边,一下子撕掉了口罩。那上面沾满了对方的血,使得隔着这种纤维布,呼吸变得异常困难。更重要的是,我想直接呼吸外面的空气。

摘下口罩后,正好刮起了一阵夜风,吹到我的嘴唇上,也吹到那少了一颗门牙的牙缝处。我一定要治好这口牙,这个念头一闪而过。深深地呼吸着新鲜的空气,我下定决心,不管花多少时间和金钱,我一定要把这口牙给弄得漂漂亮亮的。

出版发行时将第 21 届"这本推理小说了不起!"大奖中文库大奖赛获奖作品《柠檬与手》改成了现在的题目,并做了一些添加和修改。

这本书是虚构的作品。作品中的名称跟实际存在的人物、团体没有任何关系。

解说

二转三转四转五转的力作牢牢抓住读者，实乃顶级的悬疑小说。

主人公是小地方的大学职员小林美樱。妹妹小林妃奈是一名保险推销员，当妹妹妃奈被刺杀身亡的尸体在山中被发现后，新闻报道中却出现了妃奈以往可能以骗取保险金为目的杀人的消息。小林美樱一下子从被害者家属变成了嫌疑人的姐姐。为了证明妹妹的清白，美樱和主动提出帮助的渚丈太郎这个想成为自由记者的大学生一起，展开了秘密调查。

实际上，美樱因为杀人事件痛失亲人的经历已经不是第一次了。十年前，开餐馆的父亲也是遇刺身亡的。犯人是当时只有十几岁的少年佐神翔，最近应该就要从少管所里出来了。妃奈遇害会不会与他有什么关联？意外的事接二连三地发生，二转三转四转五转的力作牢牢吸引了读者。《柠檬与杀人狂》是第 21 届"这本推理小说了不起！"大奖中文库大奖赛获奖作品之一。[1] 出版成书的时候，将题目从投稿时的《柠檬与手》改成了现在的（书名）。

作为最终选拔委员会的一员，我在读这本小说的时候，一开始就被那语言的巧妙所折服。读完之后，得知作者在 2021 年的时候已经在第八届"生活小说"大奖中获过奖，是位已经出道的专业作家，这才觉得合情合理。全文充满紧张感的笔触，巧妙铺设的伏笔，疑团和真相层层展开的速度感，场景不断变化的节奏感，那种通过引入回想和日记让人物视角和文风发生微妙变化的恰到好处的清晰度等，每个方面都是如此优秀，作者可以说非常擅长这些让读者爱不释手的写作技巧。

特别让我惊奇的是，美樱这个人物的塑造。这是一个有着悲惨过往，如今平凡地活着的女性，为了死去的妹妹四处奔走的故事吧……一开始，大家肯定会这么认为。读着读着，她那不为人知的愿望逐渐浮出水面，让读者揪心，至此的印象一下子变了

---

[1] 有三部作品获奖。

样。正因如此，读者才会想着去了解事实的真相，以及美樱得知真相后会作何反应。

美樱周围适时地安排不同的人物这一点也起到了很好的效果。是不是犯人姑且不论，这些人大多数背后都有一些深藏的秘密。虽然也有真凛这种总是嘲笑美樱的单纯的坏人，而真凛的男朋友渚丈太郎突然提出要帮助美樱，总让人觉得他有某种怪癖。和妃奈交往过的铜森以及铜森的发小金田的疑点也很多。在妹妹的回忆中，偶尔出现在餐馆附近的少年莲也有自己的小秘密。（顺便说一句，他明显只是故人，而不是犯人，只是觉得让女儿杀鸡的父亲脑子不正常。）而且，美樱表里不一致，这更让读者怀疑每一个登场的人物，即使表面上看起来是好人，背后或许都有什么秘密吧。职场的情景以及在那之后俱乐部帮忙等，跟调查没有关系的美樱日常生活的画面，会不会也跟主线有什么关系呢？这些都牢牢地吸引了读者。实乃顶级的悬疑小说啊。

作品为了让读者焦虑、吃惊，只是简单地二转三转是不够的，像是石头剪刀布的时候最后瞬间变化手形一样，这样的翻转才更吸引人。从这一点看，这本小说为了导向最终的结果可谓是准备周到。难能可贵的是，小说中登场了诸多人物，每一个都有难以理解的欲望和动机或者情感。这些人物不是为了情节展开设计出来的，也就是那种"拿过来一个标签贴上去"的感觉，这篇小说完全没有那种感觉。作者的行文给我的感觉不是"为了情节展开设计了某个人物",而是"这种人物登场了,情节将会如何展开呢"?就连那些用常识无法理解的人物的心理,作者也通过人物内心的独白让读者明白了他们的动机以及行为的合理性。实际上,我们每个人内心深处都或多或少有些难以理解又不可思议的欲望或者情感。本书会让读者在阅读的过程中,从"怎么可能有这种人"的不屑,逐渐转变为"可能世上真会有这种人吧"的震惊。作者的人物塑造是如此成功,让读者好奇接下来会怎样。结尾那不可思议的展开方式,也很有说服力。

另外让人痛快的是,一直被虐待、拥有复杂人生的女性,如何一步步变得强大。虽然不知道性格软弱的美樱将来会怎样,但读到最后,让人有一种爽快的解脱感。

作者桑原爱夕1987年出生在京都,如今也在京都生活。在京都府立大学文学学院文学系读的日本文学和中国文学。据说,她研究的课题是日本文学《大冈政谈》和中国文学《龙图公案》的比较。但是,据她本人透露,她的汉语水平仅限于"你好"这种程度。现在是一所高中的语文老师。

关于本书,作者说在想好了真正的犯人之后,一个晚上就在脑子里构思出来了。她想尝试一下"让各种可疑的人物纷纷登场"的写法。她个人比较喜欢渚这个人物,还说"这么说的话,会被认为是危险人物,所以谁也没告诉"。又说:"啊,对不起,说了谁也不告诉的,又在这里暴露了。"

而被问到作品中经常出现的"喊哧咔嚓"这个词是否有原型的时候,她说自己开始写小说的时候,就对古装武侠小说上瘾。写《柠檬与杀人狂》的时候,她正在读辻堂魁的"风之市兵卫"系列。主人公市兵卫是一个剑术高超的武士,她觉得好帅啊,就借用了这个形象。考虑了跟"市兵卫市兵卫"相近的旋律,就用了"喊哧咔嚓"。她因此说"辻堂先生,把我们的英雄市兵卫的形象用歪了,请您原谅"。

据说,作者上小学的时候就想成为作家,并尝试写过小说。但真正开始投稿是在大学毕业之后,最初并没有特定某一类题材,想写什么就写什么。渐渐地,写了几个悬疑小说出来,就自然而然地向着悬疑小说方向发展了。她说:"直到确定了方向才发现,自己读的小说基本上都是悬疑的,可能正是因为自己喜欢悬疑小说,一开始才刻意回避的吧。"喜欢的作家有相场英雄、贯井德郎、下村敦史、药丸岳、笹本稜平。此外,十八九岁的时候读乙一的小说时受到了相当大的冲击,至今仍受其作品的影响。

2021年的作品《烧焦的钉子》获得第八届"生活小说"大奖,被产业编集中心出版发行。故事讲的是,在小城市斜冈工作的千秋回到故乡出入野的时候,[1] 偶遇了学妹萌香,听她提起自

---

[1] 斜冈、出入野都是作者虚构的地名,千秋是主人公。

己遇到了跟踪狂，未承想数日之后，萌香被刺身亡的尸体被发现……千秋决定找到凶手，于是在出入野四处奔走，到萌香就读的大学以及经常去的咖啡店等地探访，想找到那个跟踪狂。在这过程中，还插入了一位被上司欺压，对公司里的学长暗生情愫的女性杏，两个人的故事在不可思议之处产生了交集。这个小说中登场的人物都拥有着奇怪动机或情感，随着故事情节的展开渐渐明朗。因此，不仅是千秋的调查引人注目，各种伏笔也巧妙地吸引着读者。

2022年，她发表了作品《初次相见之人》。这个小说在卷首的"序"中描写杀人事件的嫌疑人（姓名不详）在接受调查时，一直保持沉默，随后进入了正文。里面有因为崇拜公司里的前辈从服装到言行都模仿对方的男人，有不断做出伤害他人之事却不自知的"普信"女，也有对她告白无数次，言听计从的"舔狗"……这本书也是，从旁观者的角度来看，登场的每个人物都是一些性格怪异的人，巧妙的结构牵引着读者，最后依然是让人目瞪口呆的真相。

《初次相见之人》出版那年，《柠檬与杀人狂》成了文库大奖赛的获奖作品，获得"这本推理小说了不起！"大奖。作者之前也曾经投稿过几次，分别获得了"期待下次的作品"和"通过第一轮选拔"的评价。可以说作者获得这个大奖，靠的就是不断打磨的创作能力。当被问到今后的目标时，她说"想成为一名靠写作也能活下去的人"。

包括本书在内，她的作品中充满着残酷的现实，说怪异也不过分的登场人物，以及他们异常的心理。读完三本书之后，我的第一印象是，每一本都游走在有没有品位的边缘。虽然描写了暴力、杀人、精神病患者一样的人物，却没有拘泥于诡诞的描写，没有通过生理上的厌恶感来刺激读者。当然，也不是说诡诞的描写完全要不得，这本书没有依赖那些诡诞的描写也给足了读者想要的刺激，这也是作者能力的体现吧。

今后，对于那些在小说的世界里追寻刺激和惊奇的读者而言，桑垣爱夕毫无疑问会成为那个新作一出，读者就马上想买来一读的优秀作家吧。

泷井朝世

二〇二三年三月

文治

磨铁图书旗下子品牌

更好的阅读

出 品 人　沈浩波
特约监制　潘　良　于　北
产品经理　邱　树　胡马丽花
特约编辑　郑晓娟
营销支持　金　颖　于　双　温宏蕾
版权支持　冷　婷　金丽娜　李孝秋
封面设计　胡崇峯

关注我们

官方微博：@文治图书
官方豆瓣：文治图书
联系我们：wenzhibooks@xiron.net.cn

图书在版编目（CIP）数据

柠檬与杀人狂 /（日）桑垣爱夕著；张浩宇译. 广州：广东旅游出版社，2025. 2. -- ISBN 978-7-5570-3448-1

Ⅰ. I313.45

中国国家版本馆 CIP 数据核字第 2024CG5465 号

广东省版权局著作权合同登记号　图字：19-2025-001 号
LEMON TO SATSUJINKI
by Ayu Kuwagaki
Copyright © by 2023 Ayu Kuwagaki
Original Japanese edition published by Takarajimasha, Inc.
Simplified Chinese translation rights arranged with Takarajimasha, Inc.
through East West Culture & Media Co., Ltd., Tokyo Japan
Simplified Chinese translation rights © 2023 by Beijing Xiron Culture Group Co., Ltd., Beijing China
Illustration © Mayu Yukishita

柠檬与杀人狂
NINGMENG YU SHARENKUANG

出　版　人：刘志松
责任编辑：李　丽
责任技编：冼志良
责任校对：李瑞苑

广东旅游出版社出版发行
地址：广州市荔湾区沙面北街 71 号首、二层
邮编：510130
电话：020-87347732（总编室）　020-87348887（销售热线）
投稿邮箱：2026542779@qq.com
印刷：三河市中晟雅豪印务有限公司
（地址：三河市沟阳镇错桥村）
开本：880 毫米 × 1230 毫米　　1/32
字数：180 千
印张：8.125
版次：2025 年 2 月第 1 版
印次：2025 年 2 月第 1 次印刷
定价：55.00 元

【版权所有　侵权必究】

如发现图书质量问题，可联系调换。质量投诉电话：010-82069336